Wunder kommen leise

Paula Roose

Paula Roose

Wunder kommen leise

Leseadventskalender für Erwachsene

FSC
www.fsc.org
MIX
Papier aus verantwortungsvollen Quellen
Paper from responsible sources
FSC® C105338

Bibliografische Information der Deutschen Nationalbibliothek:
Die Deutsche Nationalbibliothek verzeichnet diese Publikation in der Deutschen Nationalbibliografie; detaillierte bibliografische Daten sind im Internet über http://dnb.dnb.de abrufbar.

http://www.paula-roose.de
E-Mail: paula.roose@gmx.de

Korrektorat: Schreib- und Korrekturservice Heinen, http://www.sks-heinen.de
Covergestaltung: Eva Schlosser (summerspring.deviantart.com) unter Verwendung mehrerer Motive von melissa-tm.deviantart.com sowie enigmatic-ki.deviantart.com

Herstellung und Verlag: BoD – Books on Demand, Norderstedt

ISBN 9783738653366

Inhaltsverzeichnis

1. Kapitel

Dichtes Schneegestöber trat mir entgegen. Die Dämmerung war der Dunkelheit gewichen. Nasse Kälte streckte sich mit langen Fingern nach mir aus und kroch durch jede Lücke in meiner Kleidung. Ich zog meinen abgewetzten Mantel enger um mich und beschleunigte den Schritt.

Der Schnee blieb nur kurz liegen, verwandelte sich rasch in dreckigen Matsch. Der Gehweg wurde glatt. Die Straße war an dieser Stelle eng. Gewöhnlich mied ich sie, denn viele Erinnerungen klebten hier fest. Schöne Erinnerungen schmecken bitter, wenn sich die verbundenen Hoffnungen nicht erfüllt haben.

Warum ich gerade an diesem Tag dort entlang ging? Wahrscheinlich das schlechte Wetter. Ich wollte ausnahmsweise keinen Umweg nehmen und schnell nach Hause.

Es war eine der zahlreichen Nebenstraßen des Stadtkerns, gesäumt von historischen Gebäuden. Ich lief zwischen den Fassaden und wild geparkten Autos am Bordstein, als die Häuserfront zurückwich. Ein Vorgarten wurde sichtbar. Ich wollte es nicht. Wollte nicht stehen bleiben. Wollte so tun, als bemerkte ich es nicht. Aber meine Füße verweigerten den Gehorsam. Sie hielten an und drehten mich zur Villa. Nun, es war dunkel, ich war allein, da konnte man einen Blick riskieren. Doch kaum sah ich auf das Haus mit der hölzernen Eingangstür und den bodentiefen Fenstern im Erdgeschoss, da wurde mein Blick auch schon festgehalten.

In meinen Gedanken erwachte das Haus zum Leben. Licht ging an. Der Versammlungsraum war mit Stühlen gefüllt, hinter der Kanzel stand ein Holzkreuz. Ich saß, wie alle Kinder, in der ersten Reihe und lauschte dem Klavier. Der Raum war hell und angenehm warm. Eine Frau im mittleren Alter nahm mich an die Hand und brachte mich in einen Nebenraum mit gelben und roten Farben. Kinderstühle bildeten in der Mitte einen Kreis. *Jesus liebt mich ganz gewiss,* haben wir gesungen und geglaubt. Die Frau, sie hieß Martina, hatte es uns ins Herz gepflanzt.

Lange war das her. Der Glaube aus meinen Kindertagen war nicht mit mir erwachsen geworden. Ich weiß nicht, wann ich aufgehört habe zu glauben. Irgendwann bin ich einfach nicht mehr hingegangen.

Ein eisiger Windstoß versuchte, meinen Mantel zu öffnen, und holte mich in die Gegenwart zurück. Mit einem Seufzen löste ich den Blick vom Gemeindehaus und setzte meinen Heimweg fort, als ich aus dem Augenwinkel eine Frau hinterm Haus hervorkommen sah. Ich stockte. Mir war, als hätte ich sie schon einmal gesehen. Zögerlich sah ich zu ihr hinüber.

Blonde Haare schauten unter ihrer Mütze hervor. Die Wangen in ihrem weichen Gesicht waren gerötet. Auch sie hatte mich gesehen und stutzte. Einen kurzen Augenblick sahen wir uns schweigend an. Dann erkannte ich sie.

Aber ja, es war Martina. Jene Martina, die mir Sonntag für Sonntag Gottes Liebe nahe gebracht hatte. Die so viel für mich geglaubt und gehofft hatte. Die ein Teil von Gottes Liebe für mich geworden war. Ich erinnerte mich an ihre warmen, weichen Arme, die immer für mich offen waren. Und was war aus mir geworden?

Rasch senkte ich meinen Blick und drehte mich weg. Auf keinen Fall sollte sie mich sehen. Nicht so. Nicht hier. Nicht jetzt.

Aber es war zu spät. Sie hatte mich erkannt. Sie würde mich überall erkennen. So war sie eben.

»Johannes!«, rief sie mir hinterher. »Warte doch!«

Ich spürte ihren enttäuschten Blick in meinem Rücken und beschleunigte den Schritt.

Durch die Innenstadt lief ich weiter. Meine kleine Zweizimmerwohnung lag auf der anderen Seite des Stadtkerns, dort, wo Wohnen weniger kostete.

2. Kapitel

Mein Heimweg führte mich über den Weihnachtsmarkt. Der Duft von gebrannten Mandeln und Waffelgebäck zog in meine Nase. An den Ständen drängten sich die Menschen. Sie wärmten ihre Hände an Glühweinbechern, schlürften ihn genussvoll und versuchten so, der Kälte ein wenig zu entkommen. Überall wurde gelacht und geschwatzt. Blasmusik drang an mein Ohr, *Süßer die Glocken nie klingen,* das war mein Lieblingslied gewesen. Aber wieso gewesen? Das war es noch immer.

Ich überdachte kurz meinen Geldbeutel, dann beschloss ich, mir auch einen Glühwein zu leisten. Der brummige Verkäufer füllte meinen Becher und ich stellte mich an einen runden Stehtisch.

Der Glühwein schmeckte köstlich, wärmte meinen Bauch und meine Hände. Früher hatte ich oft hier gestanden. Mit Freunden, Arbeitskollegen oder Kunden hatte ich Weihnachtsdüfte und -klänge genossen. Nie hätte ich geglaubt, dass es anders werden könnte. Mein Leben war perfekt gewesen. Die kleine Computerfirma lief gut, ich konnte mir allerhand leisten, hatte Anerkennung, wurde gebraucht. Ja, ich arbeitete viel, rund um die Uhr, kann man sagen. Das musste sein, ohne mich lief es nicht. Meine Freundin konnte an meiner Seite ein tolles Leben führen, shoppen gehen, Partys feiern – alles, was sie wollte.

Ich bemerkte nicht, dass ihr Geld nicht wichtig war, dass sie mich liebte, Zeit mit mir verbringen wollte. Noch schlimmer, ich bemerkte nicht, dass sie einsam war, mich vermisste. Und dann war es zu spät. Eines Nachts kam ich nach Hause und fand nur noch diesen Zettel von Claudia: *Ich habe dich verlassen.*

Seitdem ging es mit mir bergab. Erst langsam, kaum spürbar, dann immer schneller. Ich musste Insolvenz anmelden, Hartz IV beantragen. Freunde? Hatte ich plötzlich keine mehr. Anders als bei Claudia ging es ihnen nur ums Geld – um mein Geld. Zu Anfang kam noch hin und wieder ein Anruf, aber auch das hörte bald auf. Ich habe versucht, meine Freundin zu finden, noch einmal mit ihr zu reden. Sie hatte mich gründlich verlassen. Ich weiß bis heute nicht, wo sie ist. Die teuren Kleider ließ sie im Schrank. Die hat der Gerichtsvollzieher mitgenommen.

Oh du fröhliche, klang es aus den Lautsprechern. Ja, von wegen, *oh du traurige,* müsste es heißen. Ich hatte wie auf einer Luxusjacht gelebt und war ohne Vorwarnung ins Meer gestoßen worden.

Nach dem letzten Schluck Glühwein setzte ich meinen Heimweg fort. Hier und dort erspähte ich ein bekanntes Gesicht. Rasch schauten sie weg. Mein Gesicht wollte niemand mehr sehen.

In der Mitte der Stadt stand die alte Marktkirche, deren einst prachtvoller Vorhof nun an zwei Wochentagen zum Marktplatz wurde. Die weit ausladenden Treppenstufen luden ein, herein- zukommen. Ich benutzte sie als Abkürzung auf meinem Heimweg. Die schweren, hölzernen Türen waren verschlossen. Rechts neben der Tür, in die Ecke gedrängt, saß ein Obdachloser.

Ich blieb stehen und betrachtete den Mann, der dort mit geschlossenen Augen saß, den Kopf an die Wand gelehnt. Ein zerfranster Schal war um seinen Hals gebunden, seine Handschuhe hatten Löcher. Die Nische, in der er saß, bot kaum Schutz vor dem dichter werdenden Schneetreiben und der nassen Kälte. Etwas berührte mich: die Erkenntnis, dass es mir in meiner Armut noch gut ging. Es gab Menschen, die waren schlechter dran als ich.

Der Mann schien vorzuhaben, die Nacht hier zu verbringen. Wenn er das tat, würde er den Morgen nicht erleben. Noch bevor die Sonne aufging, würde er erfroren sein.

3. Kapitel

Ich stieg die Treppen zu dem Mann hinauf und sprach ihn an.

»Hey, Sie!«

Er reagierte nicht. Ich beugte mich vor, befürchtend, dass er schon tot sei, und rüttelte an seiner Schulter. Uringeruch stieg mir in die Nase.

»Hey, Sie!«, sagte ich noch einmal lauter. Träge öffnete er die Augen und sah mich mit leerem Blick an. Erleichtert atmete ich auf. Er lebte noch.

»Wenn du vorhast, hier zu übernachten, könnte es ziemlich kalt werden.«

Langsam zog er die Augenbrauen hoch. »Na und? In einer Nacht wie dieser ist es für jemanden wie mich überall kalt«, antwortete er gedehnt.

»Wenn du hier bleibst, erfrierst du.« Ich wusste nicht, was ich eigentlich erwartete.

»Was macht das schon? Ein Penner weniger auf der Welt. Keiner wird es merken.« Er schloss die Augen und brummelte unverständlich vor sich hin.

Seine Worte stachen mir ins Herz. Ich spürte, dass er recht hatte. Ein Penner weniger machte für diese Welt keinen Unterschied. Aber für ihn machte es einen Unterschied, wie sich die Welt zu ihm verhielt. Und die Welt, das wurde mir unbequem klar, war in diesem Augenblick ich. Kurz überlegend fasste ich einen Entschluss. Erneut rüttelte ich an seiner Schulter.

»Komm, steh auf, du kannst bei mir pennen.«

Er öffnete die Augen und sah mich an. »Bist du bekloppt? Was willst du mit einem Penner bei dir zu Hause?«

Ich hätte gedacht, dass er sich freut, und zog die Augenbrauen zusammen. »Gar nichts will ich mit dir. Komm einfach mit und bleib am Leben.«

Er schloss die Augen. »So'n Quatsch!«

»Sei nicht blöd, Mann. Hier kannst du nicht bleiben oder hast du dir den Verstand schon versoffen?«

Ohne mich anzusehen, rappelte er sich auf. »Gut, ich komm mit«, sagte er. »Aber wenn du mich beklaust, bist du tot.«

»Geht in Ordnung.«

Er packte sein weniges Hab und Gut und folgte mir. Zu meiner Wohnung waren es gut fünfzehn Minuten Fußmarsch. Schweigend gingen wir nebeneinander her, während die Weihnachtsmusik aus der Stadt immer mehr verblasste.

Die Straßen wurden leerer, der Wind rauer. Wir zogen unsere Mäntel enger und hielten zum Schutz vor dem Schnee die Köpfe gesenkt.

Ich wagte einen verstohlenen Blick auf meinen Begleiter. Er trug einen Bart, sein graues Haar war filzig. Er schien meinen Blick zu spüren und schaute mich an. Seine Augen waren ungewöhnlich tiefblau.

Ich fragte mich, wie er obdachlos geworden war, welcher Schicksalsschlag ihn getroffen hatte? Niemand lebte freiwillig auf der Straße, schon gar nicht bei diesem Wetter. Und was war mit mir? Mich hatte kein Schicksalsschlag getroffen. Ich war durch mein eigenes Versagen abgestürzt. Aber ich hatte noch ein Dach über dem Kopf und das wollte ich heute Nacht teilen.

Teilen. Ein Wort, das es in meinem Leben lange nicht gegeben hatte.

Die Straße wurde eng und menschenleer. Unsere Schritte hallten zwischen den Häuserwänden und endlich kam der heruntergekommene Eingang meines Wohnblocks in Sicht. Vor der Haustür blieb ich stehen und schloss auf. Ich klopfte mir den Schnee vom Mantel und der Penner tat das Gleiche. Sorgfältig trat er sich die Füße ab, bevor er den Hausflur betrat. Sein Verhalten beschämte mich. Das gute Benehmen war ihm geblieben.

4. Kapitel

Wir betraten meine Wohnung. Die Möbel waren aus dem Sozialkaufhaus. Meine Designermöbel hatte der Gerichtsvollzieher gepfändet. Die Sofagarnitur war abgewetzt. Der Schrank mit Eichenfurnier, für mein Wohnzimmer eigentlich zu groß, hatte schon Jahrzehnte in einem anderen Wohnzimmer gestanden. Meine Küchenmöbel waren schlicht Weiß. Jemand hatte sie günstig im Baumarkt erstanden, bevor sie im Sozialkaufhaus landeten. Angesichts der Armut meines Gastes kam mir meine Wohnung wie ein kleiner Palast vor.

Ich wandte mich dem Penner zu. Sein stechender Geruch, oder besser gesagt Gestank, drang mir in die Nase. Neben altem Urin kamen noch Schweiß, Mundgeruch und niemals gewaschene Kleidung dazu.

»Was hältst du von einem heißen Wannenbad?«, wagte ich die Flucht nach vorn. Eine Badewanne war mein bescheidener Luxus. »Du musst doch völlig durchgefroren sein.«

Er brummelte in seinen Bart, dann sagte er: »Ich will dir keine Umstände machen.«

»Tut mir leid, aber offen gesagt, hast du ein Bad dringend nötig.«

In seinen Augen erschien ein Lächeln. »Wenn das so ist, kann ich wohl kaum Nein sagen.« Plötzlich kam er einen Schritt auf mich zu und streckte mir die Hand entgegen. »Übrigens, ich heiße Rudi.«

»Und ich bin Johannes.«

Wir schüttelten unsere Hände, lächelten uns zaghaft an und das Eis begann zu schmelzen. Ich sah, dass er ungefähr die gleiche Statur hatte wie ich.

»Wenn du willst, stecke ich deine Klamotten in die Waschmaschine und gebe dir so lange etwas von mir.«

Rudi nickte. »Du bist heute mein Weihnachtsengel. Danke.«

Ich ging ins Bad. Die Wanne war schnell geputzt. Ein Schaumberg türmte sich mit dem einlaufenden Wasser auf und es duftete nach Fichtennadelöl. Ich legte Handtücher und Klamotten von mir zurecht. Rudi war die ganze Zeit im Flur stehen geblieben.

»Du kannst in die Wanne, alles ist bereit. Nimm dir, was du brauchst. Und spare nicht mit Seife«, sagte ich mit einem Augenzwinkern. »Wirf deine Sachen einfach vor die Tür.«

Rudi verschwand ins Bad. Sein Bündel ließ er im Flur liegen. Ich stopfte seine Sachen in die Waschmaschine und plünderte meinen Kühlschrank für ein Abendessen.

Nach einer Stunde saßen wir in meinem Wohnzimmer und aßen genussvoll Bratkartoffeln mit Spiegelei und Gewürzgurken. Rasiert und gebadet sah Rudi ganz anders aus. Ich war plötzlich froh, dass er mein Gast war. Das erste Mal seit Langem war ich nicht alleine. Er erzählte aus seinem Leben und ich aus meinem.

Rudi war Rechtsanwalt, hatte immer nur gearbeitet, bis er durch einen Autounfall seine Frau und seine Tochter verlor. Es hatte ihm den Boden unter den Füßen weggerissen. Er fing an zu trinken und hatte nach und nach alles verloren.

Seit zehn Jahren lebte er auf der Straße. Früher hatte er viel gespendet, für Wohltätigkeit und solche Sachen. Aber als er nichts mehr hatte, spendete niemand für ihn. Zweimal im Monat holte er sich Geld von der ARGE.

Rudi war ein guter Zuhörer. Ich erzählte, dass ich niemals gespendet hatte. Mein Geld gab ich für mich aus, für meine Freundin und dafür, dass ich Freunde hatte.

»Aber heute spendest du«, sagte Rudi. »An mich. Und ich erhalte heute eine Spende.«

Wir redeten noch bis spät in die Nacht, lachten und prosteten uns zu, ohne Alkohol. Ich bot Rudi mein Bett an, doch das lehnte er ab. Er schlief auf dem Sofa und meinte, dass er selten so bequem liegen würde.

5. Kapitel

Am späten Vormittag frühstückten wir ausgiebig, dann verabschiedete Rudi sich. Meine Klamotten sollte er behalten. Da bestand ich drauf.

»Komm mal wieder vorbei, Rudi«, sagte ich an der Tür. Er kramte in seinem Bündel und zog nach längerer Suche einen vergoldeten Schlüssel hervor. Den drückte er mir in die Hand.

»Hier, als Dankeschön«, und augenzwinkernd fügte er noch hinzu: »Das ist der Schlüssel zur Weihnachtsfreude.«

Damit drehte er sich um und verschwand in sein kaltes Leben und ich drehte mich um und verschwand in mein einsames Leben.

Den Schlüssel legte ich auf den Couchtisch und betrachtete ihn. Meine Wohnung war still. Das Ticken der Uhr machte die Stille noch lauter.

Der Schlüssel glänzte. Ich nahm ihn in die Hand. Irgendwie kam er mir bekannt vor. Natürlich! Er gehörte zu einem Bahnhofsschließfach. Ein vergoldeter Bahnhofsschließfachschlüssel? Wo gab es so was? Ich suchte nach einer Nummer oder sonst einem Hinweis. Außer ein paar Kratzern war nichts zu sehen. Doch irgendwo musste er hingehören.

Ein wenig Abenteuerlust packte mich und ich beschloss, nach dem Schließfach zu suchen. Mein Mantel kam mir gar nicht mehr so schäbig vor. Gut, dass ich ihn hatte und er nach all den Jahren noch immer warm genug war. Ich zog ihn über und verließ meine Wohnung.

Der Schnee von gestern war verschwunden. Ein nasskalter Wind schlug mir entgegen und zwang mich, tiefer in meinen Mantel zu kriechen. Die Straßen waren belebt von eiligen Menschen und hupenden Autos. Der Bahnhof war auf der anderen Seite der Stadt. Eine Busfahrkarte konnte ich mir nicht leisten. Aber warum auch. Ich hatte genug Zeit, zu Fuß zu gehen.

Mein Weg führte mich wieder durch die Innenstadt über den Weihnachtsmarkt. Die vertrauten Gerüche nach gebrannten Mandeln und Spritzkuchen begrüßten mich. Ich sah die Marktstände und das erste Mal störte es mich nicht, dass ich dort nicht stehen konnte. Ich hatte etwas zu tun.

Meine Augen suchten nach Rudi, hoffend ihn zu sehen, doch er war nirgends auszumachen. Ich wünschte ihm, dass er einen warmen Unterschlupf gefunden hatte.

Am Bahnhof kamen mir eilige Menschen entgegen. Alle hatten sich in ihre Mäntel oder Jacken verkrochen. Viele sahen müde aus und blickten ernst. Ich ging an ihnen vorbei, durch das Bahnhofsgebäude hindurch und suchte nach Schließfächern. Nirgendwo waren welche zu finden. Meine Stadt war für diesen Luxus zu klein. Vorsichtshalber ging ich noch um den Bahnhof herum, aber auch da war nichts. Auf einer Bank im Gebäude ließ ich mich nieder und betrachtete den Schlüssel. Hier konnte er nicht hingehören, aber vielleicht hatte es früher Schließfächer gegeben? Ich brachte nicht den Mut auf, jemanden zu fragen, zu ärmlich kam ich mir vor. Also musste ich meine Suche woanders fortsetzen.

Seufzend ging ich zum Fahrkartenautomaten. Wohl oder übel musste ich mir eine Karte leisten, denn mein Entschluss stand fest. Ich wollte das passende Schließfach finden. Die nächste Stadt lag zehn Kilometer entfernt. Die Fahrkarte schmälerte mein Wochenbudget erheblich. Ich beschloss, den Heimweg zu Fuß zu bewältigen, und zog für eine einfache Fahrt. Am Bahnsteig wartete ich auf die S-Bahn und betrachtete die anderen Leute. Ein klein wenig war ich einer von ihnen, einer von denen, die mit der S-Bahn fahren.

6. Kapitel

Der Lautsprecher kündigte die Einfahrt der S-Bahn an. Die Leute brachten sich in Position, jeder wollte einen Sitzplatz ergattern. Ich drängelte mit, schließlich hatte ich eine Fahrkarte. Und heute auch noch Glück: Ich erwischte einen Fensterplatz. Dicht gedrängt standen die Leute im Abteil. Manche hatten schon Feierabend und waren auf dem Heimweg. Früher war ich nie mit der Bahn gefahren. Das war etwas für Arme, für Leute, die sich das Auto nicht leisten konnten. Ich bereute nicht, meine Meinung in diesem Punkt geändert zu haben. Die Landschaft flog an mir vorüber. Ich genoss die Geschwindigkeit und sog den Anblick der vorbeifliegenden Häuser und Straßen in mich auf. Für mein langsam gewordenes Leben war es eine Wohltat, einmal wieder schnell zu sein. Wie im Flug ging die Fahrt vorbei und der Zug traf im Hauptbahnhof ein.

Die Suche nach den Schließfächern gestaltete sich hier deutlich einfacher. Schon am Bahnsteig hing ein Hinweisschild. Ich folgte ihm und hatte eine Reihe von Schließfächern vor mir. Nur in wenigen steckte ein Schlüssel, die meisten waren in Betrieb. Noch einmal versuchte ich, eine Nummer auf dem Schlüssel auszumachen, auch diesmal ohne Erfolg. Anstelle der Nummer waren nur noch Kratzer zu erkennen. Es blieb mir nichts anderes übrig, ich musste alle einhundert Fächer, in Viererreihen übereinandergestapelt, ausprobieren. Von oben nach unten arbeitete ich mich durch. Sorgfältig steckte ich in jedes geschlossene Fach den Schlüssel und versuchte, ihn zu drehen. Er passte nirgends, doch ich wollte nicht aufgeben und versuchte es erneut. So sehr war ich darin vertieft, hoffend auf etwas zu stoßen, das mein sinnloses Leben beenden würde, dass ich nicht bemerkte, wie mich ein älterer Bahnangestellter beobachtete. Nachdem ich zum zweiten Mal alle Fächer probiert hatte, kam er auf mich zu.

»Was wollen Sie hier?«, fragte er mit strengem Tonfall. »Haben Sie ein Fach gemietet? Ansonsten verlassen Sie bitte den Bahnhof.«

Mir wurde klar, wie merkwürdig mein Handeln wirken musste, und ich wagte die Flucht nach vorn.

»Entschuldigen Sie bitte. Wissen Sie, zu welchem Fach dieser Schlüssel gehört?«

Ich hielt ihm meinen Schlüssel entgegen. Er warf einen kurzen Blick darauf und zog die Augenbrauen hoch.

»Ein vergoldeter Schlüssel? Der gehört ganz bestimmt nicht hierher. Bitte verlassen Sie unverzüglich das Gebäude.«

Ich steckte den Schlüssel ein. Mit einem Schulterzucken drehte ich mich um und begab mich zum Ausgang.

Plötzlich rief der Bahnangestellte hinter mir her. »Warten Sie! Hallo, warten Sie bitte!«

Überrascht drehte ich mich um und sah ihn an. Eilig kam er auf mich zu.

»Mir ist etwas eingefallen. Da hat sich mal jemand einen Jux gemacht und vier von diesen Schlüsseln vergolden lassen, als die Schließfächer ausgetauscht wurden. Ein alter Mann hatte sie gekauft. Keine Ahnung, was der damit wollte. Ist schon zwanzig Jahre her.«

»Wissen Sie, wer der Mann war und wo er wohnt?«, fragte ich hoffnungsvoll.

»Wie er hieß, kann ich Ihnen leider nicht sagen. Ich weiß nur, dass er neben der Kirche wohnte. Fragen Sie dort einfach mal nach. Bahnhofsschließfächer werden ja nicht täglich gekauft. Vielleicht erinnert sich jemand oder er wohnt dort noch. Kann ich mir aber nicht denken, er war ja schon ziemlich alt. Wahrscheinlich lebt er überhaupt nicht mehr.«

Ich nickte und bedankte mich für die Auskunft. Die Kirche war also mein neues Ziel.

7. Kapitel

Es dämmerte schon, als ich mich auf den Weg zur Kirche machte. Leider hatte ich nicht gefragt, neben welcher Kirche der Mann wohnte, und entschied mich, in der Innenstadt zu beginnen. Wenn ich dort nicht fündig wurde, konnte ich immer noch zurück zum Bahnhof gehen und den Angestellten fragen. Insgeheim hoffte ich, dass das nicht nötig sein würde, nicht nur wegen des langen Umweges.

Die Kirche lag im Stadtkern, ein prunkvoller, gotischer Bau mit zwei Türmen. Um die Kirche herum ging es sternenförmig in die Nebenstraßen, von denen es etwa fünf bis sechs gab. Mir sank der Mut. Hier gab es unendlich viele Wohnungen. Wo sollte ich anfangen zu fragen? Inzwischen war es dunkel und ich begann, mich nach meinem Wohnzimmer zu sehnen.

Aber so schnell gab ich nicht auf und beschloss, mich systematisch von rechts nach links durchzuarbeiten. Vor der ersten Eingangstür holte ich tief Luft und drückte auf den Klingelknopf.

Eine junge Frau öffnete und schaute mich verwundert an, als ich nach einem alten Mann fragte, der einmal vier Schließfächer mit einem goldenen Schlüssel gekauft hatte. Sie starrte auf meinen abgewetzten Mantel und schloss wortlos die Tür. Die anderen fünf Leute in dem Eingang reagierten ähnlich, mal mehr, mal weniger unfreundlich.

Mir wurde klar, wie absurd sich mein Anliegen anhören musste. Doch hatte ich etwas zu verlieren? Wohl kaum! Sollten die Leute mich für verrückt halten! Eine bessere Meinung hatten sie sonst auch nicht von mir. Und überhaupt, wer sind schon die Leute? Eine nicht identifizierbare Masse.

Ich tat es tatsächlich. Von Tür zu Tür fragte ich mich durch. Mit der Zeit traf ich auf verständnisvollere Leute. Eine ältere Dame wollte mich sogar zum Kaffee einladen. Ich lehnte dankend ab, obwohl ich nach diesem nasskalten Tag gern einen Kaffee gehabt hätte.

Gegen Abend hatte ich alle Straßen durch. Einen alten Mann, der vier Schließfächer mit goldenen Schlüsseln gekauft hatte, kannte niemand. Ich begann zu zweifeln, dass es ihn überhaupt gab. Auf den Kirchenstufen ließ ich mich nieder und stützte meinen Kopf auf die Hände. Mir war kalt, es war dunkel und zehn Kilometer Fußmarsch lagen vor mir. Meine Laune war im Keller. Ich war verrückt, mich auf so etwas einzulassen. Klar, dass nichts dabei herauskam, außer, dass ich unnütz Geld ausgegeben hatte.

Bevor ich mich auf den Heimweg machte, wollte ich mich in der Kirche noch etwas aufwärmen. Darin war es auf jeden Fall windstill. Ich hatte Glück und sie war offen.

Meine Schritte hallten, als ich nach vorne zur ersten Reihe ging. Dort setzte ich mich und betrachtete den gekreuzigten Jesus. Meine Gedanken gingen zurück in meine Kindergottesdienstzeit und zu Martina. Wie es ihr wohl ging? Ob sie immer noch jeden Sonntag den Kindern von Gottes Liebe erzählte? Eigentlich hätte ich mich gerne mit ihr unterhalten. Ich begann, mich nach ihrem warmherzigen Wesen zu sehnen. Ob ich sie mal besuchen sollte? Nein, lieber nicht. Zu viele unangenehme Fragen warteten auf mich.

Ich erhob mich und bemerkte, dass ich nicht mehr allein war. Vor dem Ausgang stand ein Mann, wie ich im mittleren Alter, und sah mich an. Seinem schwarzen Anzug nach könnte es der Pastor sein.

»Kann ich Ihnen helfen?«, fragte er freundlich.

»Ich fürchte nein«, antwortete ich und einmal mehr wurde mir klar, wie absurd meine Geschichte war.

Er gab nicht so schnell auf. »Versuchen Sie es einfach!«

Warum eigentlich nicht? Zu verlieren hatte ich nichts, und ob einer mehr oder weniger meine verrückte Geschichte hörte, war nun wirklich egal. Also zeigte ich ihm den vergoldeten Schlüssel und fragte, ob er von diesem Mann gehört hatte. Er betrachtete den Schlüssel und dachte nach.

»Vor zwanzig Jahren sagten Sie, ja? Da war mein Vorgänger noch im Dienst. Wenn es so einen Mann hier gegeben hat, dann wird er das wissen. Er kannte jeden in der Umgebung.«

Ich freute mich über diese Nachricht. »Können Sie mir sagen, wo ich ihn finde?« Erwartungsvoll schaute ich den Pastor an.

»Sicher. Er wohnt in einem Seniorenheim in der Nachbarstadt.«

Bingo! Das Seniorenheim war an meinem Wohnort. Morgen würde ich es aufsuchen und das Rätsel um diesen Schlüssel lösen. Ich bedankte mich und begab mich auf den Heimweg. Mit leichtem Schritt ging ich die zehn Kilometer zu Fuß, trotzte der Kälte, Nässe, Dunkelheit und meinem leeren Magen.

8. Kapitel

Spät abends kam ich zu Hause an. In der Küche stand noch das Geschirr von unserem gemeinsamen Frühstück. Wo Rudi jetzt wohl war? Ob er einen warmen Schlafplatz gefunden hatte? Ich erledigte den Abwasch und verbrachte den Rest des Abends vor dem Fernseher. Die Uhr zeigte weit nach Mitternacht, als ich zu Bett ging.

Am nächsten Morgen suchte ich im Telefonbuch nach dem Seniorenheim. Es war sogar ganz in der Nähe. Also schlüpfte ich wieder in meinen Mantel und verließ das Haus. Das Wetter war mild und der Weg ließ sich leicht unter die Füße nehmen. Das Stadtbild wurde heller, die Straßen breiter. Nicht lange, und ich hatte das Seniorenheim erreicht.

Im Foyer saß die Empfangsdame hinter einem Tresen. Ihr Blick ging prüfend über meine Kleidung. Sie zog die Augenbrauen hoch und sah mich wortlos an.

»Entschuldigung, wohnt hier ein Herr Meier, Pastor in Rente?«, fragte ich und tat, als hätte ich ihren Blick nicht bemerkt.

»Pastor Meier? Den haben wir hier. Darf ich fragen, was Sie von ihm wollen?« Ihre Augenbrauen zogen sich noch höher und ihr Blick rutschte demonstrativ von oben nach unten über meinen Körper. Schon klar! Pastor Meier pflegte einen anderen Umgang.

»Ich wollte ihn etwas fragen«, fuhr ich fort und versuchte, mich nicht einschüchtern zu lassen.

»Etwas fragen?« Sie lächelte amüsiert. »Na, dann kommen Sie mal mit. Ich bringe Sie hin.«

Wortlos gingen wir zum Fahrstuhl und fuhren in den dritten Stock. Dort versperrte uns eine Glastür den Weg. *Geschützter Wohnbereich* stand in großen Buchstaben auf der Tür. Die Frau schloss sie auf und ich fragte mich, wovor geschützt werden sollte, dass jemand ging oder jemand wie ich kam. Vor Zimmer *316* blieben wir stehen und traten nach kurzem Anklopfen ein. Pastor Meier saß in einem Ohrensessel vor dem Fenster und schaute hinaus.

»Guten Tag, Herr Meier! Ich habe Besuch für Sie«, sagte die Frau und zu mir gewandt: »Wenn Sie gehen, sagen Sie bitte vorne Bescheid, damit man Ihnen aufschließt.«

Mit einem Nicken ging sie hinaus. Ich war mit Pastor Meier allein, der noch immer reglos in seinem Sessel saß.

»Guten Tag!«, begann ich ein Gespräch. »Entschuldigen Sie, dass ich Sie so überfalle. Ich wollte Sie etwas fragen.« Er reagierte nicht und ich setzte mich auf einen Stuhl neben ihn.

»Mein Name ist Johannes Bublitz«, begann ich erneut.

Das erste Mal schaute er mich an. »Johannes, ja? Sind Sie aus Dresden?«

Ich war erleichtert. »Nein, ich bin von hier.«

»Junger Mann, Sie sind nicht gescheit. Wir sind in Dresden.«

Hilfe! Er hatte seine Sinne nicht mehr beisammen. Meine Hoffnung schmolz dahin. Die Suche würde hier zu Ende sein. Jetzt schaute ich aus dem Fenster. Er schien meine Enttäuschung zu bemerken.

»Na, na, junger Mann. Ist doch nicht so schlimm. Passiert doch jedem Mal.«

Aufmunternd tätschelte er meine Hand. Seine Fürsorge tat gut. Mir kam der Gedanke, ihm den

Schlüssel einfach zu zeigen. Irgendwo hatte ich gelesen, dass sich Demenzkranke an die Vergangenheit noch lange erinnern können. Ich wühlte in meiner Tasche und legte ihn in seine Hand. Herr Meier griff danach, als wäre er sein Eigentum.

»Der goldene Schlüssel, ja? Sie haben ihn gefunden.«

»Kennen Sie den Schlüssel?«

»Ja, sicher! Das waren mal vier. Die gehörten dem alten Jakob. Der hat sie vergolden lassen.«

»Wissen Sie, wo die Schließfächer sind?« Er schaute mich wieder an, als wenn ich nicht ganz gescheit wäre.

»Schließfächer? Das ist doch kein Schließfachschlüssel.«

»Und was ist das für ein Schlüssel?«

»Wenn du das nicht weißt, kann ich es nicht sagen. Ich habe versprochen, nichts zu erzählen.«

Ich seufzte. Wie sollte ich von diesem Mann eine vernünftige Auskunft bekommen? Es war hoffnungslos. Ich wollte den Schlüssel wieder an mich nehmen, aber er hielt ihn fest.

»Du musst die vier Lichter des Advents finden, dann kannst du den Schlüssel gebrauchen.«

Was sollte das jetzt werden? »Was sind die vier Lichter des Advents?«

»Wir haben in jede Kirche eins gestellt – ja, haben wir. Du musst sie nur finden.«

»Und in welcher Kirche stehen sie?«

Der Pastor schüttelte den Kopf. »Du weißt ja wirklich gar nichts. Wie bist du bloß durchs Leben gekommen?«

Er schaute aus dem Fenster und ich spürte, dass die Unterhaltung beendet war. Bereitwillig ließ er sich den Schlüssel aus der Hand nehmen.

Ich verabschiedete mich und verließ unbeachtet das Zimmer. Die Pflegerin schloss mir auf und ging grußlos zurück in ihr Dienstzimmer.

Ja, ja, ich weiß. Ich bin nur ein Penner.

9. Kapitel

Wieder zu Hause dachte ich über das Erlebte nach. Was hoffte ich eigentlich zu finden? Die Sache war verrückt, aber ich wollte weiter suchen. Ich wollte diese vier Lichter des Advents finden, was immer sich dahinter verbarg. Wahrscheinlich war es nur ein Gag gewesen – ein Trick, um Leute in die Kirche zu locken. Aber tief in meinem Innern spürte ich, dass es etwas mit meinem Leben zu tun hatte. Vielleicht hatte ich auch nur nichts Besseres vor. Was machte es? Morgen würde ich zurück zur Kirche gehen und den jetzigen Pastor fragen, ob er etwas von dieser Sache wusste.

Ich ging zeitig schlafen und stand früh auf, denn noch eine Fahrkarte konnte ich mir nicht leisten. Zum Glück meinte es das Wetter gut mit mir. Gegen Mittag kam ich bei der Kirche an und als hätte er auf mich gewartet, stand der Pastor vor der Tür. Ich ging gleich zu ihm und erzählte, was ich herausgefunden hatte.

»Vier Lichter des Advents, ja?«, fragte er nachdenklich. »Tut mir leid, von dieser Sache weiß ich nichts.«

Er bedauerte, dass sein Kollege dement war und sich an nichts erinnerte. Aber er nickte anerkennend, als ich sagte, ich wollte die Lichter suchen. »Vielleicht erinnert sich einer meiner Kollegen in den Nachbargemeinden«, sagte er aufmunternd.

Ich verabschiedete mich und trat den Heimweg an.

Die Weihnachtsmarktbuden lockten mit ihren Düften. Ich beschloss, meinem knurrenden Magen eine Portion Pommes frites zu gönnen. Die Verkäuferin wünschte mir einen guten Appetit und mit Blick auf meinen Mantel packte sie wortlos eine Currywurst dazu. Ich bedankte mich und stellte mich an den Stehtisch. Während ich aß, beobachtete ich die anderen Weihnachtsmarktbesucher. Der Stand gegenüber bot Zuckerwaren an. Ein kleiner Junge bekam eine Tüte Bonbons, von denen einer sofort in seinem Mund verschwand. Geduldig wartete er, während seine Mutter sich noch mit der Verkäuferin unterhielt. Er schaute zu mir herüber und unsere Blicke trafen sich. Ich musste sehr traurig ausgesehen haben, denn er kam auf mich zu und hielt mir seine Bonbontüte entgegen.

»Willst du auch eins?«

Ich schüttelte den Kopf. »Iss deine Bonbons mal selbst.«

So leicht ließ er sich nicht abschütteln. »Nimm ruhig einen. Ich hab zu Hause noch eine Tüte.«

Er hielt mir die Süßigkeiten direkt unter die Nase. Ein so freundliches Angebot konnte ich nicht ablehnen. Meine Wahl fiel auf einen knallroten Lutscher, als die Mutter seinen Namen rief.

Er lief zu ihr hinüber und bekam eine kleine Standpauke. Ich konnte mir denken, was sie zu ihm sagte. Rede nicht mit fremden Männern! Recht hatte sie! In meiner Hand lag das Bonbon. Eine ganze Tüte hatte der Junge und zu Hause noch mehr.

Süßigkeiten waren in meiner Kindheit Luxus gewesen. Wir waren fünf Geschwister, mein Vater ein einfacher Arbeiter und meine Mutter Putzfrau. Sie hatten alle Hände voll zu tun, uns Kinder satt und warm zu halten. Die wenige Freizeit, die sie hatten, verbrachte mein Vater auf dem Fußballplatz und meine Mutter in der Kirche.
So war ich in die Gemeinde gekommen. Nicht selten hatte ich mir gewünscht, meine Mutter hätte Zeit für mich gehabt und nicht für Gott. Aber das blieb ein Wunschtraum.

Ich schob die letzten Pommes in meinen Mund und trat den Heimweg an. Zehn Kilometer Fußmarsch warteten auf mich. Trotzdem wählte ich den kleinen Umweg durch den Wald, denn er führte am Friedhof vorbei. Es war Zeit, mal wieder bei meinen Eltern nach dem Rechten zu sehen. Ich hatte mich schon lange nicht mehr dort blicken lassen. Meine Schwester kümmerte sich gewöhnlich ums Grab, denn ich hatte keine Zeit gehabt. Das hatte ich einfach so gelassen, als ich arbeitslos geworden war.

10. Kapitel

Der Friedhof hatte sich nicht verändert. Dasselbe stählerne Tor, dieselbe Buchenhecke drum herum, derselbe Blumenladen direkt vor dem Eingang. Das Grab meiner Eltern lag unweit des Tores auf der rechten Seite. Ich las ihre Namen auf dem Grabstein: *Elise und Günther Bublitz*. Meine Mutter kam aus einem Dorf in Ostpreußen. Beim Tanzen hatten sie sich kennengelernt. Sie war vor zehn Jahren an Krebs gestorben, mein Vater vor fünf Jahren durch einen Herzinfarkt. Ihr Tod hinterließ nicht wirklich eine Lücke in meinem Leben, denn kaum etwas hatten sie mit mir geteilt. Ich hätte sie gebraucht, als ich Kind war, und eigentlich, gestand ich mir ein, brauchte ich sie noch immer. Vielleicht wäre mein Leben weniger einsam, wenn sie noch da wären. Im Grunde genommen wusste ich so gut wie gar nichts über meine Eltern. Wie sie dachten, was sie fühlten, darüber hatten sie nie gesprochen.

Oft hatte ich vor ihrer Schlafzimmertür gestanden und mich nach der Wärme meiner Mutter gesehnt. Aber ich traute mich nicht hinein, hatte Sorge, sie im Schlaf zu stören, und dass sie dann nicht arbeiten könnte und krank würde. Also war ich zurück in mein Bett gegangen und hatte unter meiner Decke in mein Kissen geweint.

Wir Geschwister gingen unsere eigenen Wege. Wie meine Eltern ihr Leben nicht mit uns teilten, so teilten auch wir Geschwister unser Leben nicht miteinander.

Ich seufzte und legte eine rosa Nelke, die ich im Blumenladen erworben hatte, auf ihr Grab. Ich vermisste die Wärme meiner Mutter und in diesem Augenblick spürte ich es deutlicher als jemals zuvor.

Endlich stand ich auf und wandte mich zum Gehen. Ich hatte den Ausgang schon fast erreicht, als ich jemanden meinen Namen rufen hörte. Die Stimme kannte ich, aber woher? Mit einer unguten Ahnung drehte ich mich um.

Eine Nachbarin von früher kam strahlend auf mich zu. Sie war mit meiner Mutter befreundet gewesen und hatte viele Stunden mit ihr im Treppenhaus getratscht. Zeit, die auch ich gerne mit meiner Mutter verbracht hätte. Ich mochte sie nicht. Sie war neugierig und schnell mit der Zunge. Doch heute kam ich um ein Gespräch nicht herum.

»Also Johannes, dass ich dich hier treffe! Das ist aber eine Überraschung! Du kommst doch sonst nicht hierher?«, begann sie das Gespräch. »Wie geht es dir?«

»Danke, Frau Tobel. Mir geht es gut«, sagte ich reserviert und hoffte, so die Unterhaltung schnell wieder zu beenden.

Sie sprach ungehindert weiter. »Du hast das Grab deiner Eltern besucht? Weißt du, deine Mutter, die hätte sich gefreut, wenn du ab und zu mal gekommen wärst.«

Ich wusste nicht, was ich mit dieser Bemerkung anfangen sollte. »Ist das so, ja?«

»Aber sicher. Sie hat es so bedauert, dass sie so wenig Zeit für euch hatte. Es sei ihre Schuld, hat sie gesagt, dass der Johannes so selten kommt. Aber man kann die Uhr nicht zurückdrehen, nicht wahr?«

Ihre Worte berührten mich. Ein anderes Bild von meinen Eltern tat sich vor mir auf. Ein Bild von Eltern, die ihre Fehler bedauerten. Ich wollte allein sein und in Ruhe darüber nachdenken.

»Bitte nicht böse sein, Frau Tobel, ich muss weiter.« Zum Abschied bot ich ihr meine Hand.

»Ja, ja, der Johannes hat keine Zeit.« Sie griff meine Hand und drückte sie. »Komm mich doch mal besuchen. Ich wohne noch in der Richterstraße.«

Ich versprach es, um endlich wegzukommen, und wandte mich ab. Doch es zog mich noch nicht nach Hause.

Die Friedhofskapelle lag im Halbdunkeln. Ich setzte mich in die erste Reihe und schaute auf das Kreuz. Tränen liefen mir die Wange hinunter, erst eine, dann ein Fluss und schließlich ein Ozean. Ich weinte und weinte und jede einzelne Träne stand für den Schmerz in meiner Seele. Es war ein erster Schritt der Versöhnung. Ich wusste, dass es nicht dabei bleiben konnte, dass ich einen zweiten gehen musste. Aber für heute, für hier und jetzt reichte dieser erste Schritt. Ein Gefühl breitete sich in meinem Herzen aus, das ich lange vermisst und in dieser Art noch nie gefühlt hatte. Es war Frieden. Ein tiefer Frieden wie ihn, der Gedanke schlich sich bei mir ein, nur Gott geben kann.

Am Ausgang zündete ich eine Kerze an. Ihr Licht flackerte warm und hell und schien direkt in mein Herz.

11. Kapitel

Am nächsten Morgen stand ich zeitig auf. Bei einer heißen Tasse Kaffee beschloss ich, die Suche nach den vier Adventslichtern zu unterbrechen, um Rudi zu suchen. Ich wollte ihn wiedersehen. Vielleicht konnte er mir sagen, wo die Lichter zu finden waren, oder wenigstens, woher er den Schlüssel hatte. Ich schlüpfte in den Mantel, meinen treuen Wegbegleiter.

So zog ich durch die Straßen und hielt nach Obdachlosen Ausschau. Irgendwer musste ihnen gesagt haben, dass ich komme, denn es war keiner zu sehen – auch dort nicht, wo immer einer saß. Ich ging die Straßen auf und ab, begleitet von geschäftigen Menschen auf dem Weg zur Arbeit.

In den Schaufenstern der Innenstadt leuchtete die Weihnachtsdekoration und lockte in die Läden. Wehmut kroch mir in die Glieder. Von mir erwartete niemand ein Geschenk und ich würde auch keins bekommen.

Endlich sah ich an einer Hauswand einen Mann mit Hund sitzen. Ich kaufte beim Bäcker einen *Coffee to go* mit Milch und Zucker und ging auf ihn zu. Erfreut blickte er mich an, als er sah, was ich ihm brachte, wärmte seine Hände am Becher und schlürfte den Kaffee. Ich weiß nicht, warum ich mich scheute, ihn anzusprechen. Endlich traute ich mich.

»Sag mal, kennst du Rudi? Kannst du mir sagen, wo ich ihn finde?«

Er trank seelenruhig seinen Kaffee. Endlich sah er mich an. »Rudi? Wie sieht er denn aus?«

Wie beschreibt man einen Obdachlosen? Ohne Bad sahen sie nach meiner Wahrnehmung alle gleich aus und nach dem Bad, gekämmt und rasiert, würde ihn keiner hier erkennen. Hatte er auch einen Nachnamen? Dumme Frage, natürlich, nur hatte ich ihn nicht danach gefragt.

Ich zuckte mit den Schultern. »Naja, etwa so groß wie ich. Habe ihn vor vier Tagen vor der Marktkirche getroffen, als es geschneit hat.«

»Den kenne ich nicht. Danke für den Kaffee.«

Die Unterhaltung war beendet. Ich beschloss, erst mal nach Hause zu gehen.

Auf dem Rückweg kam ich an der Marktkirche vorbei. Vor der Treppe hatte sich eine kleine Menschentraube versammelt. Eine Frau hielt ein Baby in weißem Taufkleid im Arm. Der Pastor kam die Treppe hinunter und begrüßte die Leute. Sie folgten ihm hinauf. Kurzerhand entschied ich, hinterher zu gehen und den Gottesdienst mit anzuhören.

Als Letzter schlüpfte ich durch die zufallende Kirchentür und nahm in der hintersten Reihe Platz.

Das Orgelspiel eröffnete die Taufzeremonie. Stehend sangen wir das erste Lied, nahmen wieder Platz und lauschten der Predigt. Der Pastor sprach von Gottes Güte, seiner bewahrenden Hand und davon, wie gut es sei, ein junges Leben in Gottes Hände zu legen. Auch mein Leben wurde in Gottes Hände gelegt. Aber wo war Gott? Hatte es einen Unterschied für mich gemacht, in Gottes Hand gelegt worden zu sein?

Mein Blick ging zu den Taufgottesdienstbesuchern. Bei einer älteren, elegant gekleideten Frau mit grauem Haar und Hut blieb er hängen. Sie kam mir bekannt vor. Ich überlegte, wo ich sie schon gesehen hatte. Die Orgel stimmte einen Choral an, *Großer Gott wir loben dich,* da fiel es mir ein. Sie war in der neunten Klasse meine Lehrerin gewesen. Eigentlich in

Englisch, aber durch einen Umstand, an den ich mich nicht mehr erinnerte, klagte ich ihr mein Leid mit deutschen Aufsätzen. Sie hatte mir geholfen, eine Aufgabe gegeben und mit vielen Tipps korrigiert. Das hätte sie nicht tun müssen. Mit ihrer Hilfe hatte ich eine Drei auf meinem Abschlusszeugnis. Klar, sie war es! Merkwürdig, sie hier wiederzusehen.

Ich beschloss, dass ich nicht von ihr gesehen werden wollte. Mit dem Schlusssegen des Pastors schlüpfte ich als Erster durch die Tür hinaus. Wind und Schnee begrüßten mich. Mit verschränkten Armen stieg ich die Treppe hinab. Kaum hatte ich die letzte Stufe erreicht, hörte ich jemanden meinen Namen rufen. Nicht von oben aus der Kirche, von links kam die Stimme.

Ein Mann kam mir entgegen, etwa genauso groß wie ich, dunkle, kurz geschnittene Haare, Brille und breites Lächeln. Auch seine Kleidung zeugte von knapper Kasse.

»Hallo Johannes!«, rief er, »wir haben uns ja ewig nicht gesehen. Was machst du hier?«

Ich erkannte meinen Schulfreund und war plötzlich froh, jemand Bekanntes zu treffen.

»Hallo Joachim! Na, wenn das kein Zufall ist. Sag mir, was du hier treibst?«

Wir schüttelten uns herzlich die Hände.

»Ich komme vom Arbeitsamt«, erzählte er mir.

Meine Augenbrauen bewegten sich nach oben. Er war der Klassenbeste gewesen! »Bist du etwa auch Kunde bei der ARGE?«

»Wie, du auch?«

Ich nickte. »Seit vier Jahren, mittlerweile Hartz IV.«

»Meine Güte, das hätte ich bei dir nicht gedacht.«

Da war sie, die gefürchtete Bemerkung! Ich grinste ihn an. »Ich bei dir auch nicht.«

Er grinste zurück. »Ja, ist schon blöd, was? Meine Firma hat Pleite gemacht. Ich habe ein Jahr nach einer Stelle gesucht. Ohne Erfolg. Ich dachte, ich müsste nun Hartz IV beantragen, aber heute hatte ich Glück. Die haben ein neues Programm für Langzeitarbeitslose und ich werde dort aufgenommen. Ab Januar habe ich wieder einen Job. Wenn das kein Weihnachtsgeschenk ist!«

Wir unterhielten uns noch eine Weile. Joachim erzählte bereitwillig alle Details von seiner Förderung. Es tat gut, mit ihm zu reden. Er wusste, wie das ist, wenn man nicht gebraucht wird.

Zum Abschied tauschten wir unsere Telefonnummern und schüttelten uns herzlich die Hände.

Nun trat ich endgültig meinen Heimweg an und in mir reifte ein Entschluss.

12. Kapitel

Der Morgen begann genauso zeitig wie am Vortag. Um sieben klingelte der Wecker. Geduscht und rasiert trat ich pünktlich um Viertel vor acht den Weg zur ARGE an. Ich tauchte in den Strom der Menschen ein, die morgens früh aufstehen müssen, weil sie eine Verpflichtung haben und ein Ziel. Ich tauchte in den Strom der Normalität ein und spürte, wie ich innerlich wuchs, vor allem aber, dass die Leute aufhörten, sich nach mir umzudrehen. Warum auch? Ich gehörte dazu.

Der Weg zur ARGE dauerte mit flottem Schritt dreißig Minuten. Als ich das Gebäude betrat, war der Warteraum schon gefüllt. Ich zog artig eine Nummer, obwohl ich nur eine Auskunft wollte, und setzte mich zu den anderen Wartenden. *38* stand auf dem Zettel. Eben noch im Strom mitgeschwommen, war ich jetzt Nummer 38.

Mir gegenüber saß eine Frau mit zwei Kindern. Das Mädchen schätzte ich auf Grundschulalter, den Jungen auf Kindergarten. Die Frau hatte lange blonde Haare, wohl eher aus praktischen als aus modischen Gründen zu einem Zopf gebunden. Ihr Gesicht war rundlich, geziert von rehbraunen Augen, ihre Gestalt schlank und sportlich. Ich fragte mich, warum die Kinder hier waren und nicht in der Schule oder im Kindergarten und beobachtete sie heimlich hinter meiner Wartezeitschrift. Sie schloss immer wieder die Augen und lehnte den Kopf an die Wand. Die Kinder schauten in ihre mitgebrachten Bücher. Wie sie wohl Weihnachten feiern würden? Ich überlegte, ein Gespräch zu versuchen, da wurde die nächste Nummer aufgerufen. Die Frau stand auf und verließ die Wartezone. Ich schaute ihr hinterher und fand sie hübsch.

Eine Viertelstunde später ging sie wieder an mir vorbei, rechts und links ein Kind an der Hand. Ihre Augen sahen verweint aus.

Nach zwei Stunden sinnlosem Rumsitzen und Zweifeln, ob diese Warterei zu etwas führte, wurde endlich meine Nummer aufgerufen. Ich ging zum Schalter. In meinen Ohren klangen schon die üblichen Fragen. Was wollen Sie? Wie stellen Sie sich das vor? Doch nicht für Sie! Aber dort saß nicht die überschminkte Tussi mit der überheblichen Stimme und dem arroganten Blick. Eine zierliche Frau mit kurzen braunen Haaren erkundigte sich nach meinen Wünschen. Angenehm überrascht fragte ich nach dem Programm für Langzeitarbeitslose.

Aufmerksam hörte sie zu und nickte. »Ja, das Programm gibt es. Es ist vorerst nur für eine kleine Gruppe, ein Probelauf sozusagen. Leider kann ich Ihnen heute nur einen Termin bei Ihrem Sachbearbeiter geben. Dort müssen Sie alles Weitere besprechen, aber ich mache schon mal einen Vermerk, dass Sie Interesse haben. Es gibt noch freie Plätze, wenn man das so sagen kann.« Sie drückte mir einen Terminzettel in die Hand.

»Glauben Sie, ich habe da Chancen?«, wagte ich die Frage.

»Ja, das glaube ich. Gut, dass Sie gekommen sind.«

Ich strahlte. »Vielen Dank. Ich wünsche Ihnen frohe Weihnachten.«

Sie lächelte zurück. »Die wünsche ich Ihnen auch. Und dass das nächste Jahr besser für Sie wird.«

Erleichtert verließ ich die ARGE. Das Warten hatte sich gelohnt. Voller Hoffnung betrachtete ich meinen Terminzettel: *3.Januar 8.30 Uhr.*

Auf meinem Heimweg ging ich wieder an der Marktkirche vorbei. Spontan probierte ich, ob sie offen war, und hatte Glück. Ich öffnete die Tür einen Spalt und schlüpfte hinein. Meine Schritte hallten in der Kirche, als ich nach vorne zum Altar ging. Neben der aufgeschlagenen Bibel stand eine große weiße Kerze. Ich holte mein Feuerzeug heraus und zündete sie an. Ihr Licht, erst klein und zögerlich, dann immer heller werdend, strahlte auf und ich spürte etwas, das lange in meinem Herzen gefehlt hatte. Die Kerze schien hell und warm und ihr Schein leuchtete – voller Hoffnung.

Ich schloss die Augen und versuchte diesen Moment festzuhalten. Innerlich sah ich die Frau mit den zwei Kindern vor mir und ihre verweinten Augen. *Hilf ihr, Gott,* betete ich und auch das hatte ich sehr lange nicht getan.

Schließlich riss ich mich los und ging nach Hause. Ich wollte die Suche nach den vier Adventslichtern fortsetzen und herausfinden, wie ich mit dem goldenen Schlüssel die Weihnachtsfreude finden konnte.

13. Kapitel

Zu Hause begrüßte mich das Klingeln des Telefons. Wie lange hatte ich dieses Geräusch nicht mehr gehört? Manchmal hatte ich nachgeschaut, ob ich überhaupt noch ein Telefon besaß. Erwartungsvoll nahm ich den Hörer ab.

»Hallo Johannes! Ich wollte hören, wie es dir geht? Wir haben uns so lange nicht gesprochen.«

Es war die wohlbekannte Stimme meiner Schwester Angelika. Ich mied den Kontakt zu meinen Geschwistern, besonders seitdem meine Firma pleite war. Aber heute tat es gut, ihre warme Stimme zu hören.

»Danke, dass du fragst«, antwortete ich. »Ich war bei Vater und Mutters Grab. Es sieht sehr schön aus. Das hast du nett zurechtgemacht.«

»Hast du nicht Lust, auf einen Kaffee vorbeizukommen? Wir haben uns fast drei Jahre nicht gesehen.«

»Ja, ich komme gerne«, hörte ich mich sagen und staunte über mich selbst. »Aber heute passt es nicht.«

»Komm einfach, wenn es passt. Ich bin hier.«

»Gut, ich werde kommen. Ich freu mich.«

»Ich freu mich auch. Machs gut.«

Nachdenklich legte ich den Hörer auf. Was passierte hier eigentlich? Seit ich Rudi getroffen hatte, veränderte sich mein Leben. Oder war es, seit ich bei der alten Kirche vorbeigegangen war? Vielleicht lief da ja doch noch was zwischen Gott und mir. Ich legte den goldenen Schlüssel auf den Tisch und betrachtete ihn gedankenverloren.

Mit ihm kannst du die Weihnachtsfreude finden, hatte Rudi gesagt. Schade, dass ich Rudi nicht gefunden hatte. Ich könnte jetzt einen Freund zum Reden gebrauchen.

Das Telefon klingelte erneut. Diesmal war Joachim am anderen Ende der Leitung. Er wollte sich mit mir treffen und ich lud ihn ein, am Abend vorbeizukommen. Schüchtern fragte ich, ob er eine Bierflasche mitbringen könnte.

»Ich habe sogar noch zwei«, antwortete er und ich hörte das Grinsen in seiner Stimme.

»Du bist verrückt!« Joachim hatte aufmerksam zugehört, als ich ihm die Erlebnisse der letzten Tage schilderte.

»Ja, wahrscheinlich bin ich verrückt«, gab ich zur Antwort. »Ich weiß nicht, wie die Sache ausgeht, ob es diese Lichter überhaupt gibt, aber seit ich sie suche, wird mein Leben heller.«

Joachim nahm seine Bierflasche und prostete mir zu.

»Halt mich auf dem Laufenden.«

»Das werde ich tun«, antwortete ich lächelnd, »aber nur, wenn du Heilig Abend mitkommst, zur Kirche meine ich.«

Ich war von mir selbst überrascht, dass ich das gesagt hatte. Bis eben wusste ich nicht, dass ich vorhatte zu gehen.

Joachim zog die Augenbrauen hoch. »Ist diese Adventslichtersuche ansteckend?«

»Sieht so aus.«

»Aber nur dieses eine Mal. Nicht, dass es zur Gewohnheit wird.«

Wir lachten, stießen unsere Bierflaschen zusammen und verabredeten uns zur Christvesper. Den Rest des Abends verbrachten wir vorm Fernseher. Als Joachim nach Hause ging, hatte ich nicht nur einen geselligen Abend hinter mir, ich hatte einen Freund gewonnen.

»Das machen wir mal wieder«, sagte er zum Abschied.

»Auf jeden Fall«, antwortete ich und schloss mit einem guten Gefühl im Bauch die Tür.

14. Kapitel

Das zeitige Aufstehen begann, eine Angewohnheit zu werden. Ich genoss eine dampfende Tasse Kaffee und schaute auf meinen ausgebreiteten Stadtplan. Wo waren Kirchen, die für eine Adventslichteraktion infrage kämen? An meinem Ort gab es nur noch eine andere Kirche, ziemlich weit außerhalb. Im Nachbarort waren vier Kirchen mögliche Kandidaten. Also gut. Ich entschied, vorerst in meinem Ort weiterzusuchen, griff meinen Mantel und machte mich auf den Weg. Das Wetter meinte es auch heute gut mit mir.

Geschäftige Menschen hasteten durch die Straßen und es schien, als würde die Weihnachtsblasmusik aus den Lautsprechern sie ein wenig anhalten wollen, damit sie sich nicht übereilten.

Die ersten Verkäufer öffneten ihre Marktbuden. Ich schaute mich nach einem bekannten Gesicht um und zog mit bummeligem Schritt durch die Innenstadt. Vor einem Kaufhaus blieb ich stehen und betrachtete die Auslagen im Schaufenster.

Eigentlich wäre es nicht verkehrt, meiner Schwester etwas mitzubringen, wenn ich sie in den nächsten Tagen besuchte. Also schloss ich mich der ins Kaufhaus eilenden Menge an.

Mein Geldbeutel brachte mich zu den preiswerteren Dingen, aber auch dort hatte ich große Auswahl. Vor einem Ständer mit Ohrringen blieb ich stehen. Auf die Waren schauend, wurde meine Aufmerksamkeit auf ein Gespräch hinter meinem Rücken gelenkt. Ich tat, als würde ich Schmuck aussuchen, und lauschte der Unterhaltung. Es war eine Mutter mit ihrem Kind.

»Mama, ich wünsche mir unbedingt das Raumschiff zu Weihnachten. Alle meine Freunde haben es.«

Die Mutter seufzte. »Ich weiß, mein Schatz. Es tut mir leid. Dieses Jahr kann es Weihnachten nur kleine Geschenke geben.«

»Wünsch dir doch vom Weihnachtsmann ein neues Portemonnaie. Der bringt dir bestimmt eins.«

»Ja, vielleicht tut er das, aber dann ist ja schon Heilig Abend. Da kann ich nichts mehr kaufen.«

»Und wenn wir noch mal überall suchen?«

»Ich habe schon überall gesucht, Schatz. Wir haben trotzdem ein schönes Weihnachtsfest, du wirst sehen.«

Ich drehte mich um und sah den enttäuschten Gesichtsausdruck eines Kindes, dem Weihnachten ohne Geschenke bevorstand. Und ich sah den Blick der Mutter, den Tränen nahe. Auch meine Augen wurden feucht. Rasch wandte ich mich wieder ab, als mir der Gedanke kam, dass ich die Frau schon einmal gesehen hatte. Natürlich! Gestern bei der ARGE!

Sie war die Frau, die geweint hatte. Jetzt wusste ich den Grund. Sicher hatte sie um Hilfe gebeten, weil sie ihr Portemonnaie verloren hatte. Aber der Weihnachtsmann arbeitet nicht bei der ARGE.

Mir wurde schwer ums Herz. Ich musterte die Frau. Sie war hübsch, ganz nach meinem Geschmack. Heute hatte sie nur den Jungen bei sich. Seine Nase lief und er hatte die Hand seiner Mutter gefasst. Die Frau bemerkte mich und zog die Augenbrauen zusammen. Mit einem *Was-wollen-Sie-von-mir-Blick* schaute sie zurück.

Ich lächelte und ging auf sie zu. »Bitte entschuldigen Sie, dass ich Sie so anstarre. Waren Sie nicht gestern bei der ARGE?«

»Ja richtig, wir haben uns dort gesehen. Haben Sie etwas erreichen können?«

Ich lachte. »Ja, habe ich. Ich wollte einen Termin. Den habe ich bekommen.«

Sie stimmte in mein Lachen mit ein. Ihre Stimme klang hell und freundlich.

Ich wagte eine Frage. »Habe ich richtig gehört, dass Sie Ihre Geldbörse verloren haben?«

Sofort wurde sie ernst. »Ja, leider, mit zweihundert Euro. Mein ganzes Erspartes für Weihnachten. Ich hatte bei der ARGE nachgefragt, ob ich wenigstens ein Darlehen bekommen könnte. Fehlanzeige.«

Sie senkte den Blick und wischte sich verstohlen eine Träne weg. Meine Hand ging unwillkürlich in meine Manteltasche und berührte den goldenen Schlüssel. Er traf mich wie ein kleiner Stromschlag und brachte mir eine Idee.

»Darf ich Sie und Ihren Jungen auf einen Kaffee einladen?«

15. Kapitel

Erstaunt blickte sie mich an. »Sie bekommen doch auch Hartz IV? Ist das nicht zu teuer?«

»Ich habe niemanden, den ich beschenke. Also ist eine Tasse Kaffee schon drin. Würden Sie mir die Freude machen?«

Ich sah in ihrem Gesicht, wie sie überlegte, dann lächelte sie und nickte. »Wenn das so ist, dann gerne.«

Ich strahlte. Seit Claudia ausgezogen war, war ich mit keiner Frau mehr ausgegangen. Gut, es war kein richtiges Ausgehen, aber sie war hübsch und irgendwie ... Gemeinsam gingen wir ins Kaufhausrestaurant im Obergeschoss. Ich bestellte zwei Tassen Kaffee und eine Limo für den Jungen. Sie suchte einen Platz nahe der Spielecke aus. Nachdem ich ein paar Schlucke getrunken hatte, sah ich sie an.

»Würden Sie mir den Gefallen tun und hier auf mich warten? Bitte gehen Sie nicht weg, ich komme ganz bestimmt zurück.«

Sie schüttelte erst den Kopf, aber mein bittender Blick tat seine Wirkung. Schließlich nickte sie. »Gut, ich warte. Aber lassen Sie mich nicht sitzen.«

»Ich habe schon viele Fehler gemacht«, antwortete ich, »das wird kein weiterer von mir.«

Ich umfasste den Schlüssel in meiner Manteltasche und eilte nach draußen. Gegenüber des Kaufhauses war ein Juweliergeschäft. Entschlossen ging ich hinein und legte den Schlüssel auf den Tresen. »Können Sie mir sagen, was der wert ist?«
Der Juwelier, ein älterer Herr, nahm den Schlüssel in die Hand und betrachtete ihn. »Wenn Sie sich einen Augenblick gedulden wollen? Ich muss ihn untersuchen.«

Er verschwand im hinteren Raum. Ich schwitzte in der Erwartung einer Antwort. Nach fünf Minuten kam er zurück.

»Der Schlüssel ist mit echtem Gold überzogen. Er ist sehr originell. Ich biete Ihnen einhundert Euro dafür.«

Bingo! Einhundert Euro!

Doch war es nicht mein Schlüssel zur Weihnachtsfreude?

Ich atmete tief ein und langsam wieder aus. Egal, dann würde er eben einem anderen Freude bringen.

»Ich werde gleich eine schöne Frau mit dem Schlüssel vorbeischicken. Würden Sie ihr das Geld geben?«

Der Juwelier lächelte. »Selbstverständlich.«

Mein Herz schlug wild, als ich ins Restaurant zurückging. Sie hatte Wort gehalten und saß noch auf ihrem Platz. Ich deutete eine Verbeugung an.

»Gestatten Sie, mein Name ist Johannes Bublitz. Darf ich mich zu Ihnen setzen?«

Sie lächelte und errötete ein wenig. »Gerne. Ich habe Sie erwartet. Mein Name ist Sandra Porath. Mein Sohn heißt Felix und meine Tochter Marie ist in der Schule.«

Ich setzte mich. Der Kaffee war kalt, aber ich nahm einen kräftigen Schluck. Felix war in der Spielzeugecke beschäftigt. Erwartungsvoll griff ich in meine Tasche, holte den Schlüssel heraus und legte ihn auf den Tisch.

»Was ist das?« Verwundert nahm sie ihn in die Hand. »Ein vergoldeter Schlüssel? Sieht aus wie von einem Bahnhofsschließfach. So etwas habe ich noch nie gesehen.«

»Gibt auch nur vier davon. Es ist der Schlüssel zur Weihnachtsfreude. Das hat der Mann behauptet, der ihn mir geschenkt hat. Ich möchte, dass Sie ihn nehmen. Der Juwelier drüben bezahlt einhundert Euro.«

Sie legte den Schlüssel auf den Tisch und schob ihn zu mir rüber. »Das kann ich auf keinen Fall annehmen.«

Ich schob ihn zurück. Dabei berührten sich unsere Hände und wir sahen uns an. »Das können Sie auf keinen Fall ablehnen. Ihr Sohn wünscht sich ein Raumschiff. Alle seine Freunde haben eins.«

Sie lächelte verlegen. »Ich weiß nicht. Sie kennen uns doch gar nicht.«

»Machen Sie mir die Freude! Bitte!«

»Und was ist mit Ihnen? Wenn Sie niemanden zum Beschenken haben, brauchen Sie den Schlüssel nicht viel nötiger?«

»Um mich kümmert sich gerade der Allerhöchste persönlich. So kommt es mir vor.«

Endlich griff sie den Schlüssel. »Danke! Sie haben unser Weihnachten gerettet.«

Ich nahm meine Kaffeetasse und trank den Rest. Dann erzählte ich ihr meine Geschichte und es war, als würden wir uns schon ewig kennen.

16. Kapitel

Sandra schaute auf ihre Uhr. »Ich muss los, meine Tochter kommt gleich aus der Schule.« Sie lächelte mir zu. »Danke, für den Kaffee und für den schönen Vormittag.«

Zum Abschied fasste ich ihre Hand. »Darf ich Sie um Ihre Telefonnummer bitten? Sie haben sich die ganze Zeit meine Geschichte angehört. Sie schulden mir noch Ihre.«

»Wenn das so ist ...« Sie kramte einen Kassenbon mit Stift aus ihrer Tasche und kritzelte ihre Nummer darauf. »Wenn das so ist, dann müssen wir uns auf jeden Fall wiedersehen.«

Ich nahm den Zettel. Wir schüttelten uns die Hände, hielten sie ein bisschen länger, als nötig gewesen wäre, und verabschiedeten uns. Ich schaute ihr nach und spürte ein Kribbeln im Bauch, als wäre ich wieder Teenager. Den Zettel steckte ich sorgfältig in mein Portemonnaie. Mit leichtem Schritt trat ich den Heimweg an.

Die Adventslichtersuche hätte ich beinahe vergessen. Als ich an der Marktkirche vorbei kam, fiel es mir ein. Wenigstens in diese Kirche, dir mir immer vertrauter wurde, wollte ich noch gehen. Ich hatte Glück, die Eingangstür ließ sich öffnen. Widerhallende Stille empfing mich. Langsam ging ich nach vorne zum Altar, ignorierte die Absperrung und stellte mich vor den Altartisch.

In der riesigen Bibel war die Weihnachtsgeschichte aufgeschlagen. Mein Blick fiel auf einen Bibelvers, den ich aus Kindertagen kannte, dass Maria alle Worte bewahrte, und in ihrem Herzen bedachte.

Ich spürte, dass mein Herz nicht allen Glauben vergessen hatte, dass sich in mir etwas regte. Neben der Kerze lagen Streichhölzer. Kurz entschlossen griff ich danach und zündete sie an. Ihr Schein, zögernd heller werdend, berührte mich. Wieder flammten sie auf, diese vermissten Gefühle. Aber ich wusste nicht, welches heute am lautesten war. War es Freude oder war es Liebe? Ja, Liebe! Denn mein Herz begann zu glimmen, auf leise, geheimnisvolle Weise und ich traute mich nicht, daran zu rühren, wollte es noch nicht aussprechen.

Am Ausgang stand der Pastor. Er lächelte, als er mich sah. »Sie habe ich in letzter Zeit öfter hier gesehen. Kann ich Ihnen irgendwie helfen?«

Mir kam die Idee, ihn nach Rudi zu fragen. »Ich suche den Obdachlosen, der vor fünf Tagen neben der Kirchentür gesessen hat.«

Er zog die Stirn kraus. »Gewöhnlich sitzen Obdachlose nicht im Eingangsbereich. Ich habe niemanden gesehen.«

»Es war, als es so heftig geschneit hat.«

»Dann sitzt dort erst recht niemand. Der Eingang ist kaum geschützt.«

Ich gab es auf, verabschiedete mich und kehrte zurück in meine Wohnung. Die Wände starrten mich an, meine Schritte knarzten auf den Uraltdielen. Das Geräusch bohrte sich in mein Herz. Ich setzte mich aufs Sofa und schloss die Augen.

»Gott, wenn es dich wirklich gibt, wenn du kein Märchen aus meiner Kindheit bist, dann hilf mir. Ich kann Hilfe gebrauchen.«

Es blieb still in meinem Wohnzimmer. Keine Antwort kam. Aber ich fasste einen Entschluss. Übermorgen, am Sonntag, wollte ich den Gottesdienst meiner alten Kirche besuchen. Vielleicht gab es keinen Gott, aber Menschen, die an ihn glaubten, gab es und einige von ihnen fand ich in dieser Gemeinde.

17. Kapitel

Ich kann die Gefühle kaum beschreiben, die sich in mir regten, als ich am Sonntagmorgen meiner Kindheitskirche näher kam. Immer zögerlicher vorwärtsschreitend bog ich in die Mühlenstraße ein. Dort stand das Gemeindehaus. Ob sie mich noch kannten? Oder wiedererkennen würden? Was sie wohl sagten? Ob ich willkommen war? Schließlich hatte all die Mühe, die sie sich mit mir gemacht hatten, nichts genützt. Ich war gescheitert und kein gläubiger Christ. Ich war voller Zweifel und nicht voller Vertrauen. Ich war arm und nicht reich. Ich hatte nichts zu geben, aber viel, das ich brauchte. Was sollte ich sagen? Hallo, ich wollte mal wieder vorbeikommen? Einfach so?

Egal! Jetzt war ich hier und würde hineingehen. Es gab nichts zu verlieren.

Vorsichtshalber wartete ich, bis der Gottesdienst begann und schlüpfte als Letzter hinein. In der hintersten Stuhlreihe nahm ich Platz.

Niemand schien mich zu bemerken. Die Zeremonie begann mit einem Lied. Ich war angenehm überrascht. Ein unbekannter, flotter Sound mit Gitarre und E-Piano klang durch den Raum. Es gefiel mir. *Groß ist unser Gott,* sang die Gemeinde. Ich hoffte, dass sie recht hatten. Er müsste sehr groß sein, um mit meinen Problemen fertig zu werden.

Erinnerungen wurden wach. Erinnerungen an längst vergangene Tage. Ich atmete tief ein. Der Geruch in der Kirche überraschte mich, denn er war mir noch vertraut. Die Farbe an den Wänden, ein sonniges Gelb, hatte sich geändert. Es sah schön aus. Etwa einhundert Stühle boten Platz, waren in zwei Blöcken angeordnet. Nur vereinzelt gab es noch freie Plätze. An der Wand hingen zwei Bilder, eines mit einer Blumenwiese, eines mit einer Wasserquelle, beide mit Bibelsprüchen geziert, die ich auf die Entfernung nicht lesen konnte.

Ich entspannte mich und wagte allmählich einen Blick über die Leute hinweg. Die meisten Köpfe, so weit ich es von hinten beurteilen konnte, waren mir fremd. Aber einige waren mir noch vertraut, so vertraut, dass ich sie auch von hinten erkannte.

Drei Reihen vor mir, ganz rechts, saß Martina. Sie hatte sich kaum verändert, obwohl beinahe dreißig Jahre zwischen heute und der letzten Begegnung lagen. Plötzlich, sie schien meine Anwesenheit zu spüren, drehte sie sich um und unsere Blicke trafen sich. Sie zog einen Moment die Stirn kraus, dann strahlte sie, nickte mir mit so viel Herzlichkeit zu, dass es mich fast erschlug. Schnell schaute ich weg, vertiefte mich in das Liederbuch. Konnte es sein, dass sie mich begrüßte, als wäre nichts gewesen? Sie müsste doch enttäuscht sein von mir? Meine Hände begannen zu zittern. Ich schloss die Augen. Es war schön, wieder hier zu sein.

Ein junger Pastor stieg auf die Kanzel, die Predigt begann. Er sprach von der Freude, die man durch Glauben empfängt, wenn man sich Gott zuwendet. Er sprach von dem Geschenk, das Gott für uns bereithält, Frieden, Hoffnung und Liebe. Ich lauschte gespannt. Das waren alles Dinge, die ich gut gebrauchen konnte, viel nötiger als Geld. Aber war es wirklich so einfach?

Woher sollte ich wissen, ob es Gott gab? Wie sollte ich an jemanden glauben, von dessen Existenz ich nicht überzeugt war?

»Vertrau dich Gott an«, predigte der Pastor, »mit all deinen Sorgen, mit all deinen Problemen. Du kannst genau so kommen, wie du hier sitzt. Er versteht dich, er spricht deine Sprache und er hat gute Gedanken über dich.« Mir war, als spräche er direkt zu mir. Ich spürte, wie der Zweifel in mir gehen wollte und Platz machte für etwas Neues, das noch keinen Namen hatte. Und als die Predigt zu Ende war, wusste ich, dass es wieder Zeit war, eine Kerze anzuzünden.

18. Kapitel

Ich blieb sitzen, als der Gottesdienst beendet war, und wartete, bis der Raum leerer wurde. Dann ging ich nach vorne zum Altartisch.

»Johannes«, hörte ich eine wohlbekannte Stimme hinter mir, drehte mich um und sah direkt in Martinas Gesicht. Sie schüttelte herzlich meine Hand.

»Warst du es doch, den ich neulich auf der Straße gesehen habe? Ich freue mich so, dass du hier bist. Sag mir, wie es dir geht. Was machst du?«

Ihre Stimme fühlte sich ein bisschen wie Heimat an. Ich lachte. »Zu viele Fragen für eine kurze Antwort.«

»Ich habe Zeit, soviel du brauchst. Darf ich dich zum Mittagessen einladen?«

Warum eigentlich nicht? »Gerne«, hörte ich mich sagen, »aber ich muss noch etwas erledigen. Darf ich hier eine Kerze anzünden?«

Sie zog die Augenbrauen hoch. »Wie das? Die Adventskerzen brennen doch schon.«

»Ich puste sie aus und zünde sie noch einmal an. Es ist für mich so eine Art Ritual geworden. Erkläre ich dir später.«

Sie reichte mir ein Feuerzeug. »Dann tue es. Ich lasse dich kurz mit deinem Ritual allein. Treffen wir uns gleich draußen? Ich muss noch etwas holen.«

Ich nickte und Martina verschwand. Pustend begann ich, löschte mit meinem Atem die Flammen und beobachtete, wie das Wachs neben dem Docht wieder fest wurde. Dann entzündete ich die größte Kerze erneut. Die Flamme loderte auf und das Neue in mir bekam einen Namen, der mit der Flamme immer heller wurde: Glauben.

Martina hatte eine kleine Wohnung in einer Parallelstraße der Gemeinde. Sie schloss die Tür auf und ich betrat den lichten, mit vielen Fotos und Wandsprüchen gezierten Flur. Es roch angenehm nach ... ja, wonach eigentlich? Nach Martina.

»Fühl dich wie zu Hause«, sagte sie und verschwand in der Küche. Ich setzte mich ins Wohnzimmer und schaute mich um. Es sah hier nicht nach Reichtum aus, doch überall war eine liebende Hand zu entdecken. Ihr dunkelbraunes Sofa war weich zu sitzen. Rechts davon stand ein Klavier und überall waren Bilder und kleine Figuren.

Martina kam ins Wohnzimmer. »Na, hast du dich ein bisschen umgesehen?«, fragte sie und setzte sich zu mir. »Das Essen braucht noch zehn Minuten.«

»Wohnst du alleine? Ich dachte, du wärst verheiratet?«

»Mein Mann ist vor fünf Jahren gestorben«, antwortete Martina leise, »meine Kinder sind erwachsen und haben eigene Familien. Aber sie besuchen mich so oft es geht.«

»Das mit deinem Mann tut mir leid. Ich erinnere mich an ihn. Er war groß und dunkelhaarig, nicht wahr?«

»Ja. Und meistens gut gelaunt.«

»Wie ist er, ich meine, warum ist er ...?« Ich schaute auf den Boden.

»Er hatte Krebs. Sie haben es zu spät entdeckt. Er war ja immer gesund. Dann kam der Schlag, von einem Tag auf den anderen. Innerhalb von sechs Wochen war er tot.«

Martina rieb ihre Handflächen aneinander. Ich sah, wie ihr Tränen in die Augen traten.

»Das tut mir leid«, sagte ich und hätte sie am liebsten in den Arm genommen. Aber ich traute mich nicht. »Darf ich dich was fragen?«

»Natürlich, nur zu.« Lächelnd schaute sie mich an.

Ich senkte meinen Blick. »Ich meine ... wenn man so etwas erlebt ... so einen Schicksalsschlag ... was ist dann ... hast du nicht gezweifelt? An Gott, meine ich, an deinem Glauben?«

»Und ob ich gezweifelt habe. Ich fand es ungerecht und gemein. Immer habe ich mich für Gott eingesetzt und dann nimmt er mir das Liebste, das ich habe.«

»Aber du glaubst noch immer?«

»Ich habe nie wirklich aufgehört, nur ... Wir dürfen Gott sagen, was wir empfinden, wir dürfen ehrlich sein, müssen sogar ehrlich sein. Ich konnte Gott nicht mehr spüren, aber er hat mich gespürt. Ich konnte nicht an ihn glauben, aber er hat nie aufgehört, an mich zu glauben. Ich habe mich entsetzlich einsam gefühlt und er hat mir Menschen geschickt, die mich getröstet haben.«

»Und jetzt? Wie geht es dir jetzt?«

»Alexander fehlt mir ... Doch das Leben geht weiter ... und es kann sogar wieder schön sein. Gott hat mich getragen, das weiß ich heute, aber als es passierte, wusste ich es nicht.«

»Ist es nicht unfair? Als du Gott brauchtest, spürtest du ihn nicht?«

Martina seufzte und überlegte kurz. »Nein, es ist menschlich. Wir müssen manchmal unsere Gefühle betäuben, wenn der Schmerz zu groß ist. Dann können wir auch Gott nicht fühlen. Aber trotzdem ist er da. Und er fühlt uns.«

Wir schwiegen beide eine Weile. Martina stand auf und ging in die Küche. Mit einem leckeren Auflauf kam sie zurück. Wir setzten uns an ihren Esstisch und ließen es uns schmecken. Es war köstlich.

»Nun erzähl aber, wie es dir geht. Was hast du gemacht, all die Jahre, die wir uns nicht gesehen haben? Ich kann gar nicht sagen, wie ich mich freue, dass du hier bist.«

Und ich erzählte. Von meiner Firma, meiner Freundin, von der ARGE, von Rudi und den Geschehnissen der letzten Tage. Vom Grab meiner Eltern und dass ich meine Schwester besuchen wollte.

»Tu das«, sagte Martina, »sie wird sich freuen. Ich erinnere mich noch gut an sie.«

Ich redete und redete und es war, als würde ich mir allen Schmerz von der Seele reden wollen. Es tat so gut, Martina alles zu erzählen. Sie war eine wunderbare Zuhörerin und gute Ratgeberin. Aber das Schönste war, dass ich mich willkommen fühlte und spürte, tief in mir hatte ich den Glauben meiner Kindertage nicht vergessen. Jetzt meldete er sich, wollte wachsen, mit mir erwachsen werden.

»Kommst du Heilig Abend in die Christvesper?«, fragte Martina zum Abschied.

Auf jeden Fall würde ich kommen, Heilig Abend und noch viele Sonntage mehr.

19. Kapitel

Ich konnte mich nicht erinnern, wann ich das letzte Mal so gut geschlafen hatte. So beginnen gute Tage, nach einer guten Nacht. Weihnachten stand vor der Tür und ich hatte viel zu tun. Erst einmal kochte ich mir einen Kaffee. Dann zählte ich mein Geld, denn dieses Mal wollte ich doch noch Leute beschenken. Für eine Kleinigkeit würde es reichen.

Ich holte die Telefonnummer von Sandra aus meinem Portemonnaie und legte sie auf den Tisch. Ob ich anrufen sollte? Oder war es noch zu früh? Schließlich gab ich mir einen Ruck und wählte ihre Nummer. Ihre helle Stimme meldete sich – aber leider nur der Anrufbeantworter. Schnell legte ich wieder auf. Gut, dann würde ich heute den längst überfälligen Besuch bei meiner Schwester erledigen.

Ich rasierte mich, wusch mir die Haare und holte meine besten Klamotten aus dem Schrank. Sie sollte nicht aus allen Wolken fallen, wenn sie mich sah. So ausgestattet machte ich mich auf den Weg. Beim Blumenladen um die Ecke erstand ich eine orange Rose – ihre Lieblingsblume und ich war ein wenig stolz auf mich, dass ich das noch wusste.

Bei eisigem Dezemberwind stand ich vor ihrer Haustür und suchte auf den Klingelschildern ihren Namen.

Alles sah noch so aus wie früher, als ich das letzte Mal hier war.

Angelika war sichtlich erfreut, als sie mich sah. »Du hast Wort gehalten, Johannes! Schön, dass du da bist.«

Sie nahm die Rose und deutete mir an, hereinzukommen.

Auf dem Wohnzimmerschrank stand ein Bild von meinen Eltern. Ich sah meine Mutter, wie sie mich auf dem Foto anlachte. Sie musste da schon sehr krank gewesen sein, sah abgemagert aus, mit eingefallenen Wangen. Es stach mir ins Herz. Ich hatte das Gefühl, die Frau auf dem Foto nicht wirklich zu kennen.

Angelika stellte die Rose in einer schlanken Vase neben das Foto. Zusammen setzten wir uns auf das Sofa. Ich sah meine Schwester an. Die Zeit hatte in ihrem Gesicht Spuren hinterlassen, aber es machte sie noch hübscher.

»Sag mir, kleiner Bruder, wo warst du die ganzen Jahre?«

Ich lächelte. »Oft gesehen haben wir uns nicht, nicht wahr?«

»Erzähl mir, wie es dir geht. Was machst du gerade?«

Ich erzählte von meinem Besuch auf dem Friedhof und dem Treffen der Nachbarin.

Angelika lachte. »Ja, ja, Frau Tobel. Sie hat diese Art von Neugier, die man einfach nicht braucht.«

»Ganz bestimmt nicht. Darf ich dich was fragen?«

»Was hast du auf dem Herzen? Das klingt sehr ernst.«

»Warst du glücklich als Kind?«

Angelika presste die Lippen zusammen. »Ich weiß, was du meinst. Unsere Eltern hatten kaum Zeit für uns. Ihr Leben bestand aus Arbeit, Kirche und Fußballplatz. Ich habe sie auch vermisst, doch ich glaube, nicht so sehr wie du. Du warst der Jüngste und wurdest deinen Schwestern überlassen.«

»Wir haben uns oft gestritten.«

»Ja, das haben wir. Mutter weiß, dass sie zu wenig Zeit für dich hatte. Sie hat es bedauert, aber sie hätte mit dir reden müssen.«

Angelika drückte meine Hand. Sie verstand meinen Schmerz, denn sie spürte ihn auch. Wir waren eine Schicksalsgemeinschaft. Ich beschloss, ihr von meinen Sorgen zu erzählen. Wir saßen zwei Stunden beieinander, redeten, hörten zu, redeten.

»Wir können unsere Vergangenheit nicht ändern«, sagte meine älteste Schwester, »aber zum Glück haben wir noch eine Zukunft. Ich bin froh, dass du gekommen bist. Hoffentlich muss ich nicht wieder Jahre warten, bis du wiederkommst.«

Wir lachten und umarmten uns. Nein, diesmal würde es nicht so lange dauern.

Gut gelaunt kam ich zu Hause an. Jetzt hatte ich so vielen Leuten aus meinem Leben erzählt, dass es höchste Zeit wurde, dass mir jemand aus seinem Leben erzählte. Ich schloss meine Wohnungstür auf, hängte meinen Mantel an die Garderobe und nahm Sandras Telefonnummer zur Hand. Mein Herz schlug mir bis zum Hals, als meine Finger die Tasten drückten.

20. Kapitel

Das Freizeichen ertönte. Ich wartete ... würde der Anrufbeantworter wieder anspringen? – Doch ich hatte Glück.

»Porath«, meldete sie sich und ich spürte plötzlich einen Kloß in meinem Hals.

»Hallo Sandra! Hier ist Johannes.«

Ich hörte, wie sie Luft holte. »Oh, hallo ... Ich hatte gehofft, dass du anrufst.«

Jetzt holte ich Luft. »Und ich hatte gehofft, dass du hoffst, dass ich anrufe.« Wir lachten beide.

»Wie ist es?«, fragte ich. »Hast du Lust, mit mir ins Kino zu gehen? Vielleicht morgen?«

»Tut mir leid, aber du telefonierst mit einer alleinerziehenden Mutter. So kurz vor Weihnachten finde ich keinen Babysitter und wenn, dann muss ich um zehn zu Hause sein.«

Ich überlegte kurz. »Wenn du nicht ins Kino kannst, dann muss das Kino halt zu dir kommen.«

»Wie meinst du das?«

»Hast du einen DVD-Player?«

»Nicht das neueste Modell, aber ja, habe ich.«

»Dann komm ich zu dir und bringe eine DVD mit.«

»Du weißt nicht, worauf du dich einlässt. Die Kinder werden garantiert an diesem Abend nicht schlafen und uns im Minutentakt stören, weil sie wissen wollen, wer Mamas Besuch ist.«

»Klingt, als wenn ich das unbedingt erleben muss.«

Ich hörte sie erleichtert lachen. »Gut, dann komme morgen um acht.«

»Ich könnte um sieben kommen und dir helfen, die Kinder ins Bett zu bringen.«

»Du überraschst mich. Hast du Erfahrung mit Kindern?«

»Nein, keine. Ich werde deine Anleitung brauchen.«

»Wenn das so ist, dann komme um sieben.«

»Abgemacht! Ich freue mich auf dich.«

»Ich freue mich auch.«

Sie sagte mir noch ihre Adresse, dann verabschiedeten wir uns. Mit brennendem Herzen legte ich auf. Ich war dabei, mich gründlich zu verlieben.

Meine DVDs waren das Einzige, was mir von meinem Luxus geblieben war. Eine stattliche Sammlung mit den besten Filmen. Damit hätte ich einen DVD-Monat machen können, ohne dass es langweilig würde. Ich suchte ein paar romantische Komödien und Actionfilme heraus. Zufrieden ging ich an diesem Abend ins Bett.

Mit einem kleinen Rosenstrauß und den DVDs bewaffnet, stand ich am nächsten Abend vor ihrer Tür.

Sie öffnete und lächelte mich schüchtern mit geröteten Wangen an. »Schön, dass du da bist. Komm herein und stürze dich am besten gleich ins Chaos.«

Ich drückte ihr die Blumen in die Hand und hängte meinen Mantel auf. »Was gibt es zu tun?«

»Willst du wirklich helfen?«

Ich nickte entschlossen. »Ja. Wirklich.«

Die nächste Stunde verbrachte ich damit, Brote zu schmieren, beim Zähneputzen zu assistieren und Gute-Nacht-Geschichten zu lesen. Ich war über mich selbst erstaunt, wie viel Spaß es mir machte. Was war mir in meinem Leben entgangen! Ich war derjenige, der keine Kinder gewollt hatte. Ich konnte plötzlich verstehen, dass Claudia mich verlassen hatte. Ihr war gar nichts anderes übrig geblieben.

Um halb neun saßen wir vor dem Fernseher und schauten den ersten Film an. Wir lachten an denselben Stellen, tranken Wein und aßen Chips. Immer wieder tauschten wir Blicke und je mehr ich sie ansah, um so mehr wusste ich, dass sie die Richtige für mich war.

Zum Abschied umarmte ich sie kurz und nahm ihre Hand. »Das war ein schöner Abend. Ich kann mich nicht erinnern, wann ich das letzte Mal so gelacht habe.«

»Ich fand es auch schön. Und die Kinder sind im Bett geblieben. Eine super Idee von dir, früher zu kommen. So wussten sie, wen Mama zu Besuch hat.«

»Wann sehen wir uns wieder? Du hast mir deine Geschichte noch nicht erzählt.«

Wir schauten uns an.

»Was machst du Weihnachten?«, fragte sie. »Möchtest du Heilig Abend mit uns feiern? Mit mir und den Kindern?«

»Klingt gut! Aber nur, wenn du mit mir in die Kirche gehst.«

»Oh! Du hast mir gar nicht erzählt, dass du Kirchgänger bist.«

»War ich bisher auch nicht. Aber ich wollte es mal ausprobieren. Kommst du mit in die kleine Kirche in der Mühlenstraße?«

»Warum nicht? Ich bin dabei.«

Kurz vor Mitternacht schlenderte ich nach Hause. Die frische Luft tat gut, um meinen aufgeheizten Kopf abzukühlen. Vor der Marktkirche blieb ich stehen. Hier hatte alles begonnen, als ich Rudi mit nach Hause nahm. Seitdem hatte mein Leben einen neuen Kurs und der fühlte sich gut an.

21. Kapitel

Ich brauchte Weihnachtsgeschenke. Für Sandra, ihre Kinder, für Angelika und Martina. Es machte nichts, dass ich kaum Geld hatte, Hauptsache, eine Kleinigkeit. Auf die Geste kam es an. Was war in meinem Leben passiert? Die Einsamkeit und die Leere meiner Wohnung waren wie eine trübe Erinnerung aus alten Zeiten. Und die vier Lichter des Advents? Hatte ich die Suche schon aufgegeben? Oder hatte ich sie gefunden, ganz nebenbei, ohne es zu merken? Wahrscheinlich gab es diese Lichter gar nicht. Den Schlüssel zur Weihnachtsfreude war ich los, er hatte jemand anderem Freude gebracht. Ich hätte trotzdem noch gerne gewusst, was es mit diesen Bahnhofsschließfächern und den Adventslichtern auf sich hatte. Die Suche nach ihnen brachte mich in Bewegung, heraus aus meiner kalten Umgebung in die Gemeinschaft mit anderen Menschen.

In meinem Bücherregal hatte ich noch eine Kinderbibel stehen. Sogar eine Widmung war darin geschrieben: *Für Johannes von Martina.* Ihre Liebe zu mir hatte nicht aufgehört, als ich wegging. Vieles hatte sie in meinem Leben ausgeglichen, was mir zu Hause gefehlt hatte. Aber jetzt wurde es Zeit, neben die Kinderbibel eine richtige Bibel zu stellen. Und ich wollte das, ich wollte Gott finden, wollte, dass er wieder einen Platz in meinem Leben bekam.

Seufzend stellte ich die Kinderbibel zurück ins Regal. Wenn es Gott gab, würde er mich finden. Und er würde zu mir sprechen. Das wusste ich jetzt.

Ich zog meinen Mantel über und begab mich auf den Weg in die Stadt. Vor der Marktkirche sah ich mehrere

Leute stehen. Auch der Pastor war dabei. Als er mich sah, kam er lächelnd auf mich zu.

»Hallo! Schön, Sie zu sehen. Kann ich etwas für Sie tun?«

»Sie haben schon etwas für mich getan«, antwortete ich. »Ihre Kirche war offen und ich konnte hineingehen, genau zur richtigen Zeit.«

Der Pastor zog die Augenbrauen hoch. »Das war Zufall. Gewöhnlich ist die Kirche verschlossen. Wir müssen uns leider vor Vandalismus schützen. Sonst würde ich sie gerne offen lassen.«

»Sieht aus, als wenn mein Leben zurzeit nur von Zufällen gelenkt wird«, antwortete ich lachend, »aber mein Herz sagte mir etwas anderes. Nicht Zufälle, sondern Gott. Er klopft an meine Herzenstür, und zwar gewaltig.«

Der Pastor drückte meine Hand. »Gott segne Sie! Ich wünsche Ihnen ein frohes Weihnachtsfest.«

Geschenkekaufen war schön! Ich stöberte durch die Läden und überlegte, worüber sie sich freuen würden, jene, die ich beschenken wollte. Für Sandra erstand ich eine silberne Kette. Ich stellte sie mir an ihrem Hals vor, mit ihren blonden Haaren und den braunen Augen. Leider war die Kette nicht aus echtem Silber, aber das machte nichts. Es war hoffentlich nicht das einzige Weihnachten, an dem ich sie beschenken würde.

Für Sandras Kinder kaufte ich zwei kleine Legobausätze, für Martina und Angelika je ein modisches Halstuch. Alles zusammen hatte mehr gekostet, als ich geplant hatte. Den Rest des Jahres würde ich mich von Kartoffeln mit Soße ernähren müssen. Ich streichelte über meinen Bauchansatz und grinste in mich hinein. Schaden würde es mir nicht und auch

Kartoffeln mit Soße schmeckten köstlich, wenn sie gut gemacht waren.

Auf meinem Heimweg kam ich an einem Blumenladen vorbei. Vor dem Geschäft standen übrig gebliebene Adventsgestecke. Mit 50% Rabatt wurden sie angeboten. Ein grüner Kranz mit schlichten goldenen und roten Kugeln und vier weißen Kerzen hielt meinen Blick fest. Adventslichter, vier Adventslichter und niemand hatte sie angezündet. Auf einem winzigen Schild stand der Preis. Fünfzehn Euro minus Rabatt. In meinem Portemonnaie befanden sich noch fünf Euro. Kurz entschlossen nahm ich den Kranz und betrat den Laden.

»Soll es der sein?«, fragte mich freundlich lächelnd die Verkäuferin.

Ich holte tief Luft. »Ja ... äh ... das heißt ... ich meine ... würden Sie ihn auch für fünf Euro verkaufen?«

Ihr Lächeln verschwand. »Eigentlich nicht. 7,50 € ist schon ein Spottpreis. Der Kranz ist Handarbeit.«

»Verstehe. Entschuldigen Sie.« Ich wandte mich zum Gehen.

»Warten Sie! Sie können ihn für fünf Euro haben. Schließlich ist bald Weihnachten.«

Erfreut lächelte ich sie an. »Vielen Dank auch.«

So ging ich mit meinen Einkaufstüten nach Hause und dachte darüber nach, wie anders dieses Weihnachten werden würde.

22. Kapitel

Heilig Abend! Wie bestellt schneite es und wollte nicht wieder aufhören. Bei dichtem Schneegestöber ging ich zur Kirche. Mein Herz wurde warm, als das Gemeindehaus in meinen Blick kam. Es war noch eine halbe Stunde Zeit bis zur Christvesper, doch ich wollte Joachim und Sandra nicht warten lassen. Also wartete ich, von einem Bein aufs andere hüpfend, die Arme um mich geschlungen, vor dem Gemeindehaus.

Joachim tauchte als Erster auf. Wir schüttelten uns freudig die Hände und ich beauftragte ihn, hineinzugehen und Plätze für uns freizuhalten.

Der große Zeiger meiner Uhr rückte enger an die Zwölf. Unruhig ging ich auf und ab, befürchtend, dass Sandra nicht käme, bis ich endlich erlöst wurde und ihr blonder Schopf am Ende der Straße auftauchte. An jeder Hand hatte sie ein Kind und kam mit gesenktem Kopf, dem Schnee trotzend, auf mich zu. Wir schauten uns aufgeregt an. Ich nahm Felix an die Hand, legte meinen Arm um sie und führte sie hinein.

Neben Joachim nahmen wir Platz. Dieser musterte Sandra wohlwollend interessiert, bis ich ihm meinen Ellenbogen in die Rippen stieß – was er mit breitem Grinsen beantwortete.

Mein Blick ging über die dicht gedrängten Köpfe, als der Gottesdienst mit einem kräftigen *Freue dich, Welt* begann. Rechts neben der Kanzel waren zusätzliche Stühle aufgestellt. Mein Blick fiel auf einen lumpig gekleideten, bärtigen Mann. Sein Gesicht kam mir bekannt vor. Ich überlegte, wo ich ihn gesehen hatte, dann schaute er in meine Richtung und unsere Blicke trafen sich. Mein Herz setzte einen Schlag aus. Ich wollte aufstehen und zu ihm gehen. Die

Begrüßungsworte des Pastors hinderten mich daran. Aber ich winkte ihm zu und er winkte zurück, mein Freund aus der Adventszeit, der mir den Schlüssel zur Weihnachtsfreude geschenkt hatte: Rudi. Was für ein Wiedersehen!

Ich sah Sandra an und wir lächelten. Ich freute mich auf den Abend mit ihr und den Kindern.

Festlich ging der Gottesdienst weiter. Gefühle kamen in meinen Bauch, von deren Existenz ich nichts mehr gewusst hatte. Der Pastor begann mit der Predigt. Es überraschte mich nicht, dass er von den vier Lichtern des Advents sprach und was Gott uns mit ihnen schenken wollte. Die Menschwerdung Gottes war ein Wunder, das leise und still, abseits der Gesellschaft, abseits von Prunk und Reichtum, abseits von Aufmerksamkeit und Betrachtung geschehen war. Weihnachten war leise und Weihnachten war ein Wunder. Gott wurde Mensch. Nun lag es am Menschen, Hirte zu sein und zum Stall zu gehen, die Botschaft zu hören und zu behalten – Gottes Kind zu werden.

Die Worte drangen in mein Ohr und trafen direkt ins Herz. Ich fühlte es, das Klopfen an meine Herzenstür. Gott hatte mich nicht vergessen. Jetzt stand er vor mir, bot mir seine Hand und ich schlug ein. Ganz leise, inmitten der Menge von Gottesdienstbesuchern vollzog sich ein Wunder in mir, das Wunder der *Gott-im-Menschen-Werdung*. Und es fühlte sich verdammt gut und richtig an.

Mit *Oh, du fröhliche* endete der Gottesdienst. Ich entschuldigte mich bei Sandra und eilte zu Rudi. Strahlend ging ich ihm entgegen.

»Mensch, Rudi, altes Haus. Schön dich zu sehen! Wo hast du die letzten Tage gesteckt? Ich habe dich gesucht.«

Wir schüttelten uns die Hände.

»Du hast einen alten Penner gesucht? Bist du noch bei Trost?« Rudi grinste.

»Nein, nicht einen Penner – einen Freund habe ich gesucht.«

Wir schwiegen einen Moment. Rudi wischte sich eine Träne weg.

»Was machst du hier? Wo feierst du heute Abend?«, fragte ich ihn. »Willst du mit mir kommen? Ich meine, ich könnte fragen ...«

Er schüttelte den Kopf. »Nein, nein, ich gehe zur Weihnachtsfeier für Obdachlose. Da gibt es gutes Essen und es ist warm.«

»Aber komm bitte die nächsten Tage bei mir vorbei. Ich muss unbedingt mit dir reden. Außerdem möchte ich nicht, dass du bei so einem Wetter draußen bist.«

»Jawohl, Chef, ich komme vorbei.«

Mir fiel der Schlüssel ein, nach dem ich ihn fragen wollte. »Sag mal, Rudi, dieser Schlüssel, den du mir geschenkt hast, wo hast du den her?«

Er zuckte mit den Schultern. »Keine Ahnung. Hab' ihn gefunden.«

»Was? Du hast doch so geheimnisvoll getan, von wegen der Schlüssel zur Weihnachtsfreude und so!«

»Ja, und? Freust du dich?«

Das konnte doch nicht wahr sein! Ich grinste. »Ja, und ob! Er war hundert Euro wert.«

»Donnerwetter! Und was hast du damit gemacht?«

»Verschenkt.«

Rudi grinste mich an. Ich grinste zurück und ich glaube, es war das wärmste Grinsen, das je zwischen zwei Menschen getauscht wurde.

23. Kapitel

Der Gottesdienstraum lichtete sich. Martina kam lachend auf mich zu, wünschte mir frohe Weihnachten und ich gab ihr das Geschenk mit dem Versprechen, sie bald zu besuchen.

Am Ausgang verabschiedete ich mich von Joachim. »Und? Kommst du mal wieder?«

»Du meinst nächstes Jahr zu Weihnachten? Kann schon sein.«

»Und zu einem DVD-Abend? Auch erst in einem Jahr?«

Joachim grinste. »Eher nächste Woche.« Er blickte zu Sandra hinüber, die auf dem Gehweg auf uns wartete. »Wenn du Zeit hast.«

»Nächste Woche ist prima. Also abgemacht. Und das nächste Bier geht auf mich.«

Die Kinder hüpften von einem Bein aufs andere und zogen ungeduldig an Sandras Ärmel, als ich endlich wieder zu ihnen stieß. Gemeinsam machten wir uns auf den Weg zu ihrer Wohnung. Die Straßen waren leer, die Fenster hell erleuchtet und ein eisiger Wind schlug uns entgegen. Ich nahm Felix auf die Schulter, damit wir schneller vorankämen, aber insgeheim wünschte ich, dieser Weg würde niemals enden.

Sandra schloss ihre Wohnungstür auf. Angenehm warme Luft begrüßte uns, gewürzt mit dem Duft der Weihnachtsbäckerei. Wir hängten unsere Mäntel auf und betraten das Wohnzimmer. In der Zimmerecke stand der liebevoll mit roten und goldenen Kugeln geschmückte Weihnachtsbaum. Darunter lagen die Geschenke. Felix und Marie eilten sogleich darauf zu und versuchten, den Inhalt zu erraten. Sandra legte

Weihnachtsmusik auf und die Geschenke wurden nacheinander ausgepackt.

Leuchtende Kinderaugen, begeisterte Ausrufe und erfüllte Hoffnungen breiteten sich aus. Ich übergab Sandra die Kette in einem goldenen Kästchen. Sie öffnete es und errötete.

»Danke«, flüsterte sie und legte die Kette gleich um. Dann gab sie mir ein Geschenk – einen Schal. Ich war sprachlos. Noch nie im Leben hatte ich mich so sehr über einen Schal gefreut. Die Farben waren mit Blau und Grau perfekt gewählt. Jetzt war es an mir, zu erröten und »Danke« zu flüstern. Ein schöneres Weihnachtsfest hatte ich selten erlebt und es war schon sehr, sehr lange her.

»Warum ist eine Frau wie du Single?«, fragte ich Sandra.

»Weil ich auf den Richtigen gewartet habe«, antwortete sie und sah mir direkt in die Augen. Da konnte ich nicht mehr anders. Ich zog sie in meine Arme und küsste sie. Jetzt war es sicher, dass ich noch nie ein schöneres Weihnachtsfest erlebt hatte.

Wir setzten uns in die Küche an den Esstisch und stürzten uns hungrig auf Kartoffelsalat mit Würstchen. Kerzenlicht verbreitete einen warmen Schein und die Kinder schwärmten mit vollem Mund von ihren Geschenken. Wir erzählten uns von den Erlebnissen der Weihnachtszeit, den kleinen und großen Freuden und den kleinen und großen Ärgernissen. Sandra und ich tauschten verliebte Blicke aus und ich fand, mit ihren geröteten Wangen sah sie zum Anbeißen aus.

Felix bat mich, ihm zu helfen, das Raumschiff aufzubauen. Ich empfand es als Ehre. Unterm Tannenbaum vertieften wir uns in die Bedienungsanleitung. Sandra half Marie, eine Puppe aus der Verpackung zu befreien. Den Rest des Abends spielten wir, lachten und neckten uns.

Wie im Flug verging die Zeit. Gemeinsam brachten Sandra und ich die Kinder ins Bett.

Felix schlang seine Arme um meinen Hals. »Feiern wir jetzt immer zusammen Weihnachten?«

Ich stupste ihm auf die Nase. »Ich arbeite daran. Wie wäre es, wenn du dafür betest?«

»Wird gemacht.« Felix gab mir einen dicken Kuss auf die Wange und zog sich die Decke bis an das Kinn.

»Gute Nacht«, sagte ich lächelnd und küsste ihn auf die Stirn.

Sandra und ich fanden uns auf dem Sofa wieder, hielten unsere Teetassen in den Händen und schwiegen. Die Stille um uns herum war gefüllt mit unseren Gefühlen, Ängsten, Freuden, Erwartungen und Staunen. Kein Wort der Welt in keiner Sprache der Welt hätte uns in diesem Augenblick näher zueinander bringen können, als wir uns waren.

Um Mitternacht machte ich mich auf den Heimweg.

»Kommst du morgen vorbei?«, fragte Sandra mich beim Abschied. »Felix und Marie sind bei ihrem Vater.«

Ich streichelte über ihre Wange. »Ich lasse dich ungern allein, aber ich bin mit meiner Schwester verabredet. Wie wäre es übermorgen?«

Sandra nickte. »Gut, dann übermorgen.«

Ich ging durch die verschneiten, einsamen Straßen nach Hause, doch der Abend sollte noch nicht zu Ende sein. Vor meiner Haustür wartete eine Überraschung auf mich.

24. Kapitel

Vor meiner Haustür saß, in eine Ecke gedrängt, seinen Mantel dicht an sich gezogen, ein Penner – mein Lieblingspenner und mein Freund.

»Mensch, Rudi, wartest du schon lange?«

Rudi schaute auf. »Kann man wohl sagen. Meine Füße sind fast erfroren.«

Ich reichte ihm meine Hand. »Dann komm mit mir ins Warme.«

Gemeinsam gingen wir hinauf. Ohne zu fragen, ließ ich ein heißes Bad ein und bereitete in der Küche etwas zu essen vor. Rudi ließ sich nicht lange bitten. Die Waschmaschine wusch mit leisem Surren seine Klamotten und ein frischer Tannennadelduft löste den Obdachlosengeruch ab.

Auf dem Sofa streckten wir uns aus und aßen Käsestullen mit Gewürzgurken. Ich erzählte von meiner Suche nach dem Bahnhofsschließfach und den Adventslichtern. Auf dem Tisch stand das Gesteck, das ich kurzfristig erworben hatte. Die Kerzen waren noch unberührt.

Rudi zeigte darauf. »Und was ist mit diesen Adventslichtern? Viel Licht haben die nicht verbreitet.«

»Noch nicht«, antwortete ich lächelnd. »Ich zünde sie jetzt an und du bist genau der richtige Mann, mit dem ich das tun will.«

Feierlich holte ich ein Feuerzeug. Rudi beugte sich nach vorn und schaute mich erwartungsvoll an.

»Die erste Kerze steht für Frieden, Frieden mit der Vergangenheit. Ich habe ihn in der Friedhofskapelle gefunden, dort, wo meine Eltern begraben sind. Da habe ich den ersten Schritt gemacht. Ich weiß, dass noch viele folgen müssen. Aber ich bin nicht mehr allein auf dem Weg und ich habe ein Licht.«

Ich drehte das Rädchen an meinem Feuerzeug, eine Flamme loderte auf und ich entzündete die Kerze.

»Das zweite Licht«, fuhr ich fort, »steht für Hoffnung. Hoffnung, dass es ein Morgen gibt, dass das Leben weitergeht, dass Gott sich um mein Morgen kümmert, dass er dort auf mich wartet, egal, was kommt.«

Rudi hörte schweigend zu. Ich wiederholte die Prozedur und zündete die zweite Kerze an.

»Das dritte Licht scheint besonders hell und es hat zwei Namen. Es heißt Freude und Liebe. Die beiden gehören für mich zusammen, schwingen hin und her. Gott hat mir Freude geschenkt durch seine Liebe. Und durch seine Liebe konnte ich Freude schenken. Er hat mich gerufen – an jenem kalten Abend, als ich an der Kirche meiner Kindheit vorbeigegangen bin. Da habe ich genau das gesucht – Freude und Liebe – und beides habe ich gefunden.«

Ich machte eine kurze Pause. Zu viele Gedanken und Gefühle gingen mir durch meinen Kopf und mein Herz. Ich holte tief Luft und zündete die dritte Kerze an. Rudi schaute mir noch immer schweigend zu.

»Das vierte Adventslicht steht für Glauben. Mein Glaube aus der Kindheit hat sich zurückgemeldet. Er war nie weg, hat nur geschwiegen. Ich wüsste nicht, in wessen Hand ich mein Leben lieber legen wollte als in die meines Gottes, der mir mit Liebe begegnet und mit offenem Herzen.«

Ich zündete die vierte Kerze an. Der Raum wurde durch den warmen Schein heller. Noch nie hatte ich mich Gott näher gefühlt. Es gab sie, die vier Lichter des Advents und ich hatte sie gefunden.

Rudi räusperte sich. »Hört sich gut an. Gibt es solche Adventskerzen auch für Penner?«

»Nein«, sagte ich grinsend, »für Penner gibt es Adventsscheinwerfer. Kerzen würdet ihr übersehen.«

Rudi nickte. »Ja, ja, schon klar.«

»Ne, jetzt mal im Ernst. Ohne dich wäre das alles nicht in Gang gekommen. Ist doch nur fair, wenn für dich auch was dabei rausspringt.«

Rudi schlürfte an seinem Tee. »Und woran denkst du?«

Ich wagte die Flucht nach vorn. »Bleib bei mir, Rudi. Du kannst bei mir wohnen, versuchen, wieder Boden unter die Füße zu bekommen. Wenn du einen Wohnsitz hast, findest du vielleicht einen Job. Was sagst du?«

»Ich sage, du bist verrückt. Deine Wohnung ist doch viel zu klein. Was willst du hier mit mir anfangen? Keine drei Tage und wir gehen uns auf den Keks.«

»Kann schon sein, aber wir sollten es wenigstens versuchen. Außerdem werde ich nicht mehr so oft zu Hause sein, vielleicht brauche ich bald eine andere Wohnung. Dann hast du den Platz für dich allein.«

Rudi zog die Augenbrauen hoch. »Hast du Pläne? Du redest doch nicht etwa von dem heißen Feger, ich meine die Frau, mit der du in der Kirche warst?«

»Doch, genau von der rede ich. Du hast mir den Schlüssel zur Weihnachtsfreude geschenkt. Schon vergessen? Was du nicht wusstest, war, dass er die Freude aufschließt, wenn man ihn weitergibt.«

»Ach, hör auf! Ich bin immer noch ein Penner.«

»Als ich von meiner Luxusjacht des Lebens in den Ozean gestoßen wurde, habe ich die ganze Zeit auf das nächste Schiff gewartet, das mich rettet. Ich konnte doch nicht ahnen, dass Gott ein Floß schickt.«

»Ein Floß mit einem Penner?«

»Ja. Und der Penner hat mich an Land gebracht.«

Rudi zuckte die Schultern. »Wunder kommen eben leise.«

»Also, was sagst du nun?«

Er hob seine Tasse. »Ich sage Ja. Auf die Freude. Und auf das Floß. Frohe Weihnacht, Johannes!«

Ich hob meine Tasse ebenfalls und der Klang beim Anstoßen besiegelte unsere Freundschaft.

»Frohe Weihnacht, Rudi!«

Ein Platz für dich

Ein Leseadventskalender von Paula Roose

Ostpreußen 1909. Das Dienstmädchen Marie ist schwanger, aber ihr Geliebter Karl wollte Spaß und keine Verantwortung.
Die Gutsbesitzerin erklärt, dass ein Bastard in ihrem ehrbaren Haus nicht erwünscht ist.
Marie muss ihr Kind ins Waisenhaus geben, wenn sie ihre Stelle behalten will. Aber das kennt sie aus eigener leidvoller Erfahrung ...

Erhältlich auf www.amazon.de

Arvid und das uralte Versprechen

Ein Leseadventskalender für Kinder

Wenn nur diese Römer nicht wären! Dann hätte Arvids Vater nicht seinen ganzen Besitz verloren und Arvid müsste nicht vor den Toren von Betlehem sitzen und Schafe hüten. Viel lieber würde er in die Synagogenschule gehen. Zum Glück gibt es seinen besten Freund Nathan. Doch treffen können sie sich nur heimlich. Nathans Vater sieht es gar nicht gerne, wenn sein Sohn mit einem Hirten spielt.

Wenn diese Römer nicht wären, dann gäbe es keine Volkszählung. Nur weil der Kaiser mehr Steuern will, ist ganz Israel unterwegs.
Das kümmert Arvid wenig, bis er ein junges Paar sieht, das keine Unterkunft findet. Dabei ist die Frau hochschwanger.

Wenn nur dieser Streit mit Nathan nicht wäre! Dann hätte Arvid nicht so schlechte Laune und dem jungen Paar geholfen. Soll sie ihr Kind auf der Straße bekommen? Das will Arvid dann doch nicht zulassen. Um zu helfen, braucht er Nathan. Aber der ist nirgends zu finden.

Erhältlich auf www.amazon.de

Drachentau

Ein Roman von Paula Roose

»Hüte dich davor, einem Drachen in die Augen zu schauen. Er wird dich in seinen Bann ziehen und du musst ihm folgen, wohin er dich ruft.«

Rosa kennt die Warnung ihres Großvaters Jakob und weiß, welche Wunden der Drache in ihrem Bärendorf geschlagen hat. Aber ihre Welt ist in Ordnung und sie will Bodo heiraten, wenn Jakob endlich zustimmt.

Doch dann sieht sie den Drachen Tumaros und ist von seiner Schönheit und Stärke fasziniert. Sie schweigt über ihre Gefühle und als Jakob erkennt, dass der Drache es auf seine Enkelin abgesehen hat, ist es zu spät. Rosa blickt in Tumaros Augen und folgt seinem Ruf in die Drachenhöhle.

Während Jakob verzweifelt, will Bodo nicht aufhören, an ihre Rückkehr zu glauben. Aber gegen einen Drachen kann niemand etwas ausrichten.

Ein Fantasymärchen über Liebe und Gewalt.

Erhältlich auf www.amazon.de

Drachenstaub

Ein Roman von Paula Roose

Der Drache Tumaros ist tot und im Bärendorf Mühlenau ist Frieden eingekehrt. Niemand ahnt, dass die Bestie eine schreckliche Gefangene hatte und der Friede nur eine Atempause ist.

Bis ausgerechnet Bernhards Tochter Patrizia den Zaubergang im Drachenberg entdeckt und um Haaresbreite in die Fänge der Hexe gerät. Jetzt wissen die Dorfbewohner, dass es nur noch eine Frage der Zeit ist, bis ein neuer Fluch über sie hereinbricht.

Einzig an Bernhard liegt es nun zu verhindern, dass sie erneut versklavt werden, denn in seinen Adern fließt Drachenblut. Es kann den Weg weisen, um das Unheil abzuwenden. Einmal mehr muss er sich seiner mühsam verdrängten Vergangenheit stellen - und die Zeit drängt!

Erhältlich auf www.amazon.de

Alle Bücher von Paula Roose sowie Informationen zu neuen Projekten finden Sie auf:

http://www.paula-roose.de